U0565853

王汶石小传

王汶石，曾用名王礼曾、王仲斌。1921年生于山西万荣。1999年6月5日逝于陕西西安。

1938年随祖父从万荣到西安，先入太华中学，后入竞存中学；毕业后在泾阳县农村小学教书。1939年加入中国共产党，1942年调赴延安，历任西北文艺工作团创作员、研究员、团长。后调往陕甘宁边区文协，任《群众文艺》（1950年改为《西北文艺》）副主编。中国作协西安分会第一届秘书长，专业作家。曾任中共陕西省顾问委员会委员，陕西省作协副主席、名誉主席，陕西省文联副主席，中国文联第四届全委会委员，中国作协第二、三、四届理事及第五届名誉委员。

1946年开始发表作品。1954年加入中国作家协会。在1953年、1955年、1956年、1958年间，先后深入渭南农村，参与农村实际工作，1958年兼任中共咸阳县委副书记、咸阳市委副书记。1960年参加全国第三次文代会，当选为中国作家协会理事。1962年赴开罗出席第二届亚非作家会议，被推选为亚非作家会议中国联络委员会委员。1963年到1966年，多次下乡参加"社教"工作，曾任咸阳地区社教工作团副团长。

著有中篇小说《黑凤》，短篇小说集《风雪之夜》、《王汶石小说选》，论文集《亦云集》，及《王汶石散文选》、《王汶石文集》（四卷本），歌剧剧本《边境上》、《战友》等。

百年中篇小说名家经典

BAINIAN
ZHONGPIAN
XIAOSHUO
MINGJIA JINGDIAN

总主编 何向阳

本册主编 白烨

新结识的伙伴

XIN JIE SHI DE HUO BAN

王汶石 著

河南文艺出版社
·郑州·

一种文体与
一百年的民族记忆

何向阳 （丛书总主编）

自 20 世纪初,确切地说,自 1918 年 4 月以鲁迅《狂人日记》为标志的第一部白话小说的诞生伊始,新文学迄今已走过了百年的历史。百年的历史相对于古老的中国而言算不上悠久,但 20 世纪初到 21 世纪初这个一百年的文化思想的变化却是翻天覆地的,而记载这翻天覆地之巨变的,文学功莫大焉。作为一个民族的情感、思想、心灵的记录,从小处说起的小说,可能比之任何别的文体,或者其他样式的主观叙述与历史追忆,都更真切真实。将这一百年的经典小说挑选出来，放在一起，或可看到一个民族的心性的发展，而那可能被时间与事件遮盖的深层的民族心灵的密码，在这样一种系统的阅读中，也会清晰地得到揭示。

所需的仍是那份耐心。如鲁迅在近百年前对阿Q的抽丝剥茧，萧红对生死场的深观内视，这样的作家的耐心，成就了我们今天的回顾与判断，使我们——作为这一古老民族的每一个个体，都能找到那个线头，并警觉于我们的某种性格缺陷，同时也不忘我们的辉煌的来路和伟大的祖先。

来路是如此重要，以至小说除了是个人技艺的展示之外，更大一部分是它对社会人众的灵魂的素描，如果没有鲁迅，仍在阿Q精神中生活也不同程度带有阿Q相的我们，可能会失去或推迟认识自己的另一面的机会，当然，如果没有鲁迅之后的一代代作家对人的观察和省思，我们生活其中而不自知的日子也许更少苦恼但终是离麻木更近，是这些作家把先知的写下来给我们看，提示我们这是一种人生，但也还有另一种人生，不一样的，可以去尝试，可以去追寻，这是小说更重要的功能，是文学家个人通过文字传达、建构并最终必然参与到的民族思想再造的部分。

我们从这优秀者中先选取百位。他们的目光是不同的，但都是独特的。一百年，一百位作家，每位作家出版一部代表作品。百人百部百年，是今天的我们对于百年前开始的新文化运动的一份特别的纪念。

而之所以选取中篇小说这样一种文体，也是出于这个原因。

中篇小说，只是一种称谓，其篇幅介于长篇小说和短篇小说之间，长篇的体积更大，短篇好似又不足以支撑，而介于两者之间的中篇小说兼具长篇的社会学容量与短篇的技艺表达，虽然这种文体的命名只是在20世纪的七八十年代才明确出现，但三四十年间发展迅速，其中的优秀作品在不同时期或年份涵盖长、短篇而代表了小说甚至文学的高峰，比如路遥的《人生》、张承志的《北方的河》、莫言的《透明的红萝卜》、韩少功的《爸爸爸》、王安忆的《小鲍庄》、铁凝的《永远有多远》等等，不胜枚举。我曾在一篇言及年度小说的序文中讲到一个观点，小说是留给后来者的"考古学"，它面对的不是土层和古物,但发掘的工作更加艰巨,因为它面对的是一个民族的精神最深层的奥秘,作家这个田野考察者,交给我们的他的个人的报告,不啻是一份份关于民族心灵潜行的记录,而有一天,把这些"报告"收集起来的我们会发现,它是一份长长的报告,在报告的封面上应写着"一个民族的精神考古"。

一百年在人类历史上不过白驹过隙,何况是刚刚挣得名分的中篇小说文体——国际通用的是小说只有长、短篇之分,并无中篇的命名,而新文化运动伊始直至70年代早期,中篇小说的概念一直未得到强化,需要说明的是,这给我们今天的编选带来了困难,所以在新文学的现代部分以及当代部分的前半段,我们选取了篇幅较短篇稍长又不足长篇的小说,譬如鲁迅的《祝福》《孤独者》,它的篇幅长度虽不及《阿Q正传》,但较之鲁迅自己的其他小说已是长的了。其他的现代时期作家的小说选取同理。所以在编选中我也曾想,命名"中篇小说名家经典"是否足以囊括,或者不如叫作"百年百人百部小说",但如此称谓又是对短篇小说的掩埋和对长篇小说的漠视,还是点出

"中篇"为好。命名之事,本是予实之名,世间之事,也是先有实后有名,文学亦然。较之它所提供的人性含量而言,对之命名得是否妥帖则已显得不那么重要了。

值此新文化运动一百年之际,向这一百年来通过文学的表达探索民族深层精神的中国作家们致敬。因有你们的记述,这一百年留下的痕迹会有所不同。

感谢河南文艺出版社,感动我的还有他们的敬业和坚持。在出版业不免利益驱动的今天,他们的眼光和气魄有所不同。

2017 年 5 月 29 日　郑州

目录

151

描写农村新生活,塑造农民新人物

—— 王汶石的农村题材小说读后

白 烨

一九五五年的最后一天，我跟乡支部书记杨明远同志，到靠近河岸的一个小村庄去。

天气阴沉，满天是厚厚的、低低的、灰黄色的浊云。巍峨挺秀的秦岭消没在浊雾里；田堰层叠的南塬，模糊了；美丽如锦的渭河平原也骤然变得丑陋而苍老。

东北风呜呜地叫着。枯草落叶满天飞扬，黄尘蒙蒙，混沌一片，简直分辨不出何处是天，何处是地了。就是骄傲的大鹰，也不敢在这样的天气里，试试它的翅膀。

风里还夹着潮湿的气息，这是大雪的预兆。

我们是早饭后到村的。社员们正忙着装配高温沤肥坑。拉大车的，推小车的，挑水桶的，扎草把的，来来往往，紧张而热闹。天虽冷，却有不少人只穿着单褂子。生产委员王振家，甚至敞着衣襟，露着胸膛，就这样，头上还冒着滚滚的汗珠。

人们热情地跟我们打招呼。王振家喊："支书，看我们的劲头怎样，热火不热火呀？"

支书喜得合不拢嘴："好哇，穿上衣服吧，小心着凉！"

振家答道："不这么干不行啊，天阴得很重，下雪前，得把这些沤肥坑全部装好呢！"

支书小声对我说："看！ 社员的行动，就是对社的最好检验哪！"

支书的任务，是来验收这个新建社的。 验收新社，原是区委会的事；由于今冬农业社发展得出乎意料地迅速，只月余时间全区就基本合作化了；而许多老社，又追着支部，催着区委，要求转高级社，区委会实在忙不过来。 那么多新社，别说详细验收，就是到各社去巡视一趟，也需要许多时间；而时间，又是多么不够用啊！ 就像区委书记严克勤同志说的："搞不好，'时间'就要'脱销'了。"因此，区委会作了决定，由严区书亲自主持，召集各乡党支书参加，做了一次验收示范工作；然后，拟出一个详尽的验收提纲，委托给乡支部去做。

严克勤同志那种对事严格的作风，在全县的干部中是很有名的，对验收工作自然也不例外。 各乡支书离区返乡前，他又花了多半夜的工夫，和支书们举行了一次谈话会，研究了各乡的突出问题，并且警告在座的支书们说："年关难过，咱们还欠群众几笔账啊，要在年前付清，就还得多加油。 你们验收过的社，区委会要抽查的。"他问大家对区上有什么要求，有几个支书开玩笑地说："别的倒没有什么，就看区上能不能多发一点时间给我们！"严克勤同志摇着头说："不行，这不能供给，连我们自己还不够分配啊！ 只好靠你们自己了，有什么办法呢？ 跑步吧，加油赶吧！"

乡支书杨明远今天就是从铁道旁赶到河岸来的。

验收的工作，进行得很细致，召开了贫农会、中农会，又进行了个别访问。 中间一直没有停歇，直到天黑，才吃午饭。 饭后立刻召开建社委员会。 在会上，支书提出几十个问题，盘来问去，仿佛他是专门跑来找岔子似的。 这使我想起，在三级干部会上，杨明远发言时，县委组织部长给我说过的，"杨明远这几年进步很快，他完全学着他们区委书记的样子，认真、顽强、钻劲儿大"。

验收结束时，夜已很深，满村喔喔的鸡叫声。 雪，从黄昏的时候下起，现在越下越大了。

杨明远打算回去，社主任王槐旺挡住他说："不行，夜深了，风雪也太大！"

我知道，明远昨晚上在铁道北时差不多一夜没睡。 我看见他站起来时就像喝多了酒似的，有些站不稳当。"明天走吧！"我劝他。 他沉吟了一会儿说："区书明后天就从县上回来了，有新任务——咱们去看看路吧！"

屋外简直是另一个世界。 树木折裂着，狂号着；那滚滚的狂风，卷着滔滔的雪浪，在街巷里疾驶猛冲，仿佛要在瞬息之间把整个村庄毁掉似的。 道路全被雪盖住了。 风雪打得人睁不开眼。 杨明远犹豫了一下，对我说他决定留下来。

这时，旷野里，远远地闪着一条手电灯的光带，时北时南，仿佛是有人在寻觅什么东西。更使我诧异的是，风雪压迫得人口也张不开，而那个旷野里的人，却悠然自得地唱呀唱的。那歌声时时被风雪打断，那人似乎不愿向风雪屈服，被打断的歌声，一再高昂起来。

明远又犹豫起来了："路上还是有人哪，可见还是能走！"

社主任老王说："那是吆喝雁的人，不过在村边麦地里赶一赶雁罢了，他连河滩也不敢去哩。"

回到屋里，房东收拾好了炕，泥炉里的炭火正熊熊地烧着，杨明远坐在炉边，神情还有些不安地说："会不会是区书呢？"

社主任老王哈哈大笑道："支书，你这人真太心小，一味地胡思乱想，区书这会儿怎么会来呢！"

我也以为区书现在不会来，因为县上的会至少得两天，就是元旦不休息，他也得明天下午才能回到区上。

社主任又笑着说："区书爱人在县卫生院工作，他要回来，也在早晨。"

明远点点头说："有根据，今天是除夕，又是星期六，县上各机关都放假了。"

社主任给我们放好门帘，回家去了。

我们又谈起严区书来。杨明远的兴致特别高，疲乏和睡意从他的眼睛里消失了。他讲区书小时候困苦的孤儿生活；讲区书怎样从一家皮坊偷跑出来，到洛川去参加革命；讲区书在工作中的顽强精神。 他讲得那样详细、恳切，仿佛是讲他自己的身世似的。 他说："区书一九四九年缝的一条被子，现在还崭新哩。 他用被子的时候不多，常常工作到深夜，伏在办公桌上就睡着了。"

这话也许有些夸张，但是，我听见许多干部都这么说过。

我知道杨明远是严区书最赏识的支部书记之一，可是区书对杨明远却特别严格，赞扬的时候很少，批评起来却毫无保留。 像在这次三级干部会上，他指定杨明远作典型发言，讲题是建社过程中各项工作的安排。 他要明远先写出发言稿给他看。 他明知明远从小给人揽工，识字不多，只是最近几年，在革命工作中才学会了读书和写报告。 可是他看了明远的文稿以后，却用了一个下午的时间，从内容到分段，以至于文法和标点，没一样不批评的，说明远是"思想懒汉"，不肯下功夫钻研；然后，才和他一起研究，逐句修改。 那一个下午，杨明远出了好几身汗，从房里走出来时，棉衣也湿透了。

我问杨明远："你们这个乡的工作很不坏呀，在全县都很突出，为什么严区书还那么不满意呢？"

杨明远说："区书怕我们垮台，怕我们自满；所以，在你还来不及自满的时候，他就敲打起你来了。"他意味深长地接着说："区书剋我剋得真狠。 从他当支书，我当村农会主席时，他就常剋了。 剋得好，如果他这几年剋得不紧呀，今天这样的工作局面，我就没法应付下来。"

风暂时平息了，雪却下得更大。我们谈得高了兴，忘记了时间。鸡叫二遍了，我们才离开火炉，走向炕边。我突然觉得身后袭来一股冷风，大概风又刮掉了门帘吧。回头一望，帘子下凛凛然屹立着一个雪人。他的脸庞瘦削而黑青，宽额头，宽鼻梁，眉毛拧成一条绳，眼睛眯成一条细线，仿佛害怕灯光把它熔化了似的。他望着我，嘴角慢慢泛出一缕细细的笑纹，声音柔和地说道："你也在这里！"

"哦嗬！是你呀！"我惊讶地说着，急忙握着他的手（那手，简直是一块正在消解的雪团）。

他在门外脱掉了大衣，抖落了雪花。

杨明远悄悄在我耳边咕哝着说："嘿，我估计得不错吧？"我点点头。

严区书听见了，在门外问道："你们说什么？"

我说："我们正在谈论你，你就到了。"

"谈我什么呢？对我保密不保密？"

我笑着说："幸亏没说什么坏话。"

"多谈坏话比戴二尺五的高帽子强，只要能让本人知道！"他那慢条斯理的样子，和款款浅笑的神态，简直像个老诚敦厚的大姑娘。

杨明远帮区书把大衣挂在火炉边的墙上，对他说："把鞋袜脱下，你上炕去暖一暖，炕是烧过的。鞋袜给我，我一会儿就给你烤干。"

"不，我来！"他拉着凳子靠近火炉坐下了。

杨明远一边给炉里添炭，一边说："你没到卫生院去？我们还估计你晚上不会回来呢！"

区书说："谁像你哟，半个月不回家就害病了！"

明远哈哈地笑着，争辩道："这真冤枉死我了！老王，你说句公道话吧！"

我对区书说："你大概事先没到卫生院去挂号吧？"

区书笑着说："不，我去请了个假期的假！"

我们一同大笑着。区书又一本正经地说："不要笑，这是家庭纪律！"他脱下鞋袜，那鞋像个泥浆罐子似的，看样儿得有一二十斤重，鞋子一接近炉火，鞋底就发出吱吱的怪叫声来，喷出一缕缕的蒸气。他像是欣赏着那些泥浆，很愉快地说：

"雪真美呀！走到路上，密密层层的大雪包着你，团团急转。你简直觉得是掉在风雪的旋涡里了，永远泅不出去了。"

明远准备让区书抽查这个社。他翻开笔记本，等待区书发问。

区书并没有直截了当地提出问题，却说道："这儿的牲口饲养室修补得不错，不透风，暖和；再冷的天，也过得去。"

明远听到区书少有的夸奖，便谨慎地问道："你看了？饲养员还没睡吗？"

区书说："那儿人还不少，你们这里散了会，有些人又跑到那里去了。"

我说："原来你先去摸了一下'底'，才上这儿来的呀！"

他笑着说："习惯了，听见那里有人，就进去和他们随便谈了谈。"接着，他转向明远说："新建社验收得怎样？"

明远说："快验完了。今冬建的社，一般的质量要比去年建的社好些。区书，你看还要注意哪些问题？"

区书没正面回答杨明远的问题，却沉思地说："问题是下一步和下几步怎么做，要早些考虑好。社会主义来得这么快，咱们的感觉动作也得快也得灵敏，稍一迟钝，就要落后。"停了停，他声调固执地说："要思考在前，动作在前，要走在前面！"

一句很平常的话，立刻在杨明远身上产生了影响，他意味深长地看了我一眼。

严区书用拳头托着下颌，眯着眼睛，火炉里的火光映红了他的沉静自若的面孔。他说："群众情绪很高，合作化的步子很快，大家都兴奋得不得了；可是，其中有个把人，只顾见人就道喜，忘记走路了，像喝醉酒似的，绕着桌子转呀笑呀的。"他又抬起头来望着明远说："咱们万不能坐下来喝酒，咱要赶路！"

这时，大门响了，区书侧耳听了一听，急忙提起湿气腾腾的鞋袜穿在脚上。

　　进屋来的是社主任王槐旺和生产委员王振家。槐旺披件棉袍，一只手里拿着一个烤焦了的黑馍吃着，大模大样地说："看见你的手电光，我却把你当作吃雁的了。哈哈……来吧，区书，吃馍！"区书说："不。"振家嚷道："哈哈，你这家伙，只拿一个馍，自己倒咬了一半，还让区书吃呢！"槐旺说："谁像你，客出了村，才说饭做好了。"说着，他从棉袍下伸出另一只手，手里端着一碟油辣子、几双筷子，又从怀里掏出四五个烤馒头放在桌上，对振家说："哎，伙计，把你的也拿出来吧。"振家瞪着眼说道："你不问我老婆愿意不愿意，就死乞白赖地把我从被窝里拖出来，我衣服都没扣就跟你来了。不信你们看——"他拉着衣襟，挺着胸脯，果然，满胸膛的疙瘩肉都露在外面。明远揭穿他道："一年四季，啥时候见你扣过胸前的扣子啊？"全屋人都笑起来。振家天真地笑道："这也是一种习惯哪！"

　　区书拉槐旺和振家他们坐下后，从自己的大衣里拿出笔记本来。明远以为区书要开始抽查了，便准备汇报。区书说："你已经验收过就行了，按照你的意见去做就是。我来，是要和你们研究生产问题的。"

　　后来我才知道，县委会也在追赶时间，原定要开两天的县委会，一天就开完了，一直开到晚上九点钟。散会后，严区书满可以住在县上不回来，可是他在那里不安心；合作社的许多事情吸引着他，县委会的决议燃烧着他，许多同志除夕之夜仍在农村里继续工作的情景召唤着他，他便给自己的妻子做了点"说服"工作，冒着大雪回到乡村来了。 未离县以前，他就给副区书打电话，商量好召开全区干部会议的事情。 他自己则直接到乡，先找了个老社，然后又跑到这个新社来。 他来的目的，是要掌握新社和老社生产计划的情况，特别是干部思想，给明天的会议做一点准备工作。

社主任王槐旺报告完了以后，明远又作了补充。 区书一直靠着墙，一只脚蹬着炉台，不时地记录一点什么要紧的东西。 他的注意力始终集中在生产指标上，每项农作物的产量指标和具体措施，报告者都得重复报告好几遍。

明远合起笔记本，等候区书发表意见。 好大一阵儿工夫，区书都没吭声，他弯腰伏在膝上，无目的地将炉里的一块炭火拨过来拨过去。 什么思想正在他的脑海深处打转儿呢？ 最后，他直起身来，袖着手，背靠着墙，仿佛怕惊吓了什么人似的，声音低沉地说："咱们常喊'积极办社，大搞生产'，合作化大大解放了生产力，农民群众中迸发出一股巨大的生产热情，我们要抓住它。"

明远点点头。

区书接着问道："你们乡已经合作化了，对这么多的社，支部今后怎样去领导呢？"

明远想了想，答道："要抓生产。"

区书摇摇头。 明远眼瞪得多大，望着区书。 严区书说道："首先还是要抓好农业社的政治工作。"他详细地分析了农业合作社内外的阶级斗争形势，和今后可能出现的种种情况，和做好政治工作的重要性，然后，才又转到生产上，讲党支部要认真领导好生产。

区书望着明远问道："可是怎样抓呢？"

明远没回答。

"抓就要抓计划，抓指标。哪个社计划订得不好，支部就不批准；订好了，就严格检查执行的情况。"

振家插言说："这话对，乡上确实要多来检查，哪个社完不成，他得说出个道理来才行。"

"那也不行！"区书说，"完不成计划，说啥也不行！"他望着振家抿着嘴笑着，那笑容表示说："完不成任务的人，往往会造出一大堆'道理'来的。"

振家会意地憨笑着。槐旺附在振家的耳朵上偷偷地说："咱们的计划订低啦。"振家不以为然地摇摇头。

区书说："把你们的计划研究研究，加点夜工行不行？"

振家意气昂扬地说："行，怎不行！走社会（主义）去呀，不熬几十个透夜还能走到吗？"这里的农民，把走向社会主义叫作"走社会"，词句虽不完整，他们那态度那声调却表示了一种坚强的英雄气概。

大风继续呼啸着，雪花不时偷偷地从门缝里钻了进来。

桌子中间摆一份生产计划书，三个人围着桌子。王槐旺跟王振家对面坐着，杨明远半依着桌子角儿坐在炕边。槐旺识几个字，手里拿着笔，满手都沾上了墨水。他们掐指头，拨算盘，商量一阵，争辩一阵，那份计划书被涂改得墨迹斑斑了。

区书一直是靠炉边坐着，听着他们的争论，沉思着。他有个习惯，爱听干部争论。他不时走在争辩者的背后，欣赏着争辩者的紧张热烈的面孔，有时简直入了迷，不自觉地眉飞色舞，张着嘴，痴呆呆地望着，像戏台下入迷的观众似的。只在紧要的时候才插话，画龙点睛地，使争论者从争执的热雾中清亮起来。他很巧妙地使用他的精力。他只在头一个项目上用了极大的力量，头一个项目解决了以后，他就撒开手了。他悄悄地对我说："你只要打个头通鼓，后边的戏怎样唱，他们全是好把式。群众里，能人多，生、旦、净、末，哪一门也有很多专家。"

头一个项目是小麦产量。槐旺和振家争执得煞搁不下。槐旺的意见是平均亩产三百六十斤；振家说槐旺是"胡抡"哩，他肯定地说："二百九就算到顶了。"他的理由有两条：一来，咱这儿土质差，靠河滩，沙地多；二来，难免群众通不过，订也是白订。振家半辈子做的都是小庄稼，他家地少人多，种一亩就要顶一亩，拿不稳的事，他是从来不干的。他朴实厚道，很固执，他心里有个老主意："说出不算，做出来再看。"因此，他虽然觉得别人说的也在理，他却一口咬定"二百九"不放。

槐旺生气地说："这家伙，一口咬住个屎橛子，你拿上个油饼去换也换不下来。"

振家很诚恳地说："咱对党对社员都要负责任，说一句要顶一句，不能落个'空空脑壳'的绰号。"

槐旺说："谁向党说空空话啦？"

振家急忙辩解说："我不是那意思。我是说咱要订得合适。哪怕，哎，咱把三百六搁在肚里，咱加油干嘛。哎，或许咱还能奔到三百九哩，这不更好？"

明远说："你这样想，就错得深了，实际上是不要计划的思想。"

槐旺也说："你计划一天到西安，你就会赶到西安；你要是说走着再看，哎，不到临潼你就下了店了。"

振家承认支书和槐旺批评得对，可是对三百六的指标嘛，总觉得有点那个。——他笑着，抓抓脑袋，转过头来说："严区书，你看呢？"

区书一直不发言的目的，是要从他们的争论中摸清干部的思想底细。现在，要他出面解决问题了。他挤到桌前说："有的说高，有的说低，到底你们各人的依据是什么呢？这方面虽也谈了，但谈得不够。特别是谈眼前条件谈得多，谈今后条件谈得少。"接着他问振家道："就谈肥料吧，振家，你先说说，今冬明春你们麦田能上多少浮肥？"

振家说了个大概的数字。区书让他仔细说说：全社今冬能换的旧墙有多少？有几个"风屎堆"能筛出多少车炭灰？水壕、涝池能挖出多少肥土？明春准备施用多少化肥？……振家经这一问，眼瞪起来了。他急忙抓耳朵，扳指头，嘴里咕咕哝哝地说：南院老汉九堵旧墙，我九叔十堵……

明远对着我的耳朵说："许多脱产干部，就怕区书的这个问法。"

区书向振家说："你别扳指头了，你的指头不够用。 你听我说，看说对说不对？"于是他一宗一项地说了个具体而详细的数字。

振家半信半疑地说："不会吧，区书！ 我在这个村住了四十几年啦。 你来的回数总有限。 再怎么说……"

槐旺笑着说道："怪你今晚睡得太早。 区书一来，就在饲养室和一些人算了一个细账，咱村的情况，全都在区书肚里装着啦。"

振家如梦初醒地把身子向后一仰，敬佩而抱歉地说："嘻！ 区书，我的工作没你细！"

区书接着又讲了这个社其他方面的增产条件，他特别强调了使用新农具和新技术的问题。 最后，他蛮有把握地以商量的口气问道："你们看，订四百二十斤低不低？"

振家急忙问道："丰产田？"

"不，平均亩产。"

大家都有些惊讶，振家更是不住地把头摇得像个拨浪鼓似的。 他说："刚解决了个三百六，又出来个四百二。 啊呀，我的天！"

区书望着振家，笑着告诉他："不要着急，再根据刚才所说的增产条件算个细账看看吧！"

　　于是，三个人又围着桌子，从各方面一点一滴地算起增产细账来。振家挽起袖子，他的算盘确实不高明，手慢慢拨着算珠，别人都替他着急，他却不慌不忙。

　　区书又在炉边烤火，听他们算完了，便问道："振家，多少了？报一下！"

　　大家一齐说："四百一！"

　　区书问振家："对不对？"

　　振家瞪着眼说："大概对！"

　　区书看振家还有怀疑，便说："再算一遍！"

　　三个人又从头算了一遍，振家累得鼻子上渗出细细的汗珠。区书又问道："多少？"

　　振家傻笑着说："还是四百一。我亲手算的，没错！"接着他把脑袋一拍大声说："区书，我通了，四百二没问题！"他把"没问题"三个字说得又坚决又干脆。

　　严区书却反而说道："还差十斤哩！"

　　振家不以为然地说："没问题。咱是啥人，咱是'走社会'的人，只要狠一下心，把脑筋多发动一下，方方窍窍多寻些，十斤粮食不算啥！"

　　区书说："对对对，我赞成这说法。"他望着明远说："人不同了，今后，做计划，做工作，时刻要记着这一点。"

　　头一个项目计划订完以后，区书轻松地说："后边的戏完全要你们自己来唱了。"他便和我谈起了今天县委会开会的情形。

其他几个人越研究兴趣越高。棉花，谷子，油料……一项一项都修改过了。最后槐旺和振家向支书说："我们明天要在社员大会上通过一条：向全乡合作社挑战。"

雄鸡唱起第三支歌曲，振家站在门口，高兴地喊道："好美的雪呀！下吧，下吧，下够三天才好！"

区书坐在灯下，写完了摘记，又一条条校阅了一遍。他的白眼珠红了，眼圈儿黑了，眼皮沉重了。我们劝他早点休息，他抱歉地说："对对对，我把你们的瞌睡全打搅了。"说罢，伸伸懒腰，预备上炕，可是他坐在炕边儿上迟迟没有脱掉鞋子，又合着眼想着什么了。几分钟后，他又走到门口，望了望天空，默默地站了一会儿说："我得走！我得早走一步，留下来会误事的。"

我们怎么留他也留不住，振家向他高声吵闹也不济事。最后，振家提出一个条件，要伴送他回去，他也只好接受了。

大风依然未减它的威风，仿佛要扫掉一切村落，把大地永远变成一个雪的世界似的。我们送区书到村外，茫茫的大雪立刻把他们吞没了。风里传来振家粗哑的声音：

"回区呢，还是回县？"

"回区！"区书的声音。

"你爱人在区上吗？"

"在县上！"

"过年不放假吗？怎么不接来呀？"

"明天去……"区书的声音湮没在大风里了。

四下里，风声一片；划破风声的，是陇海铁路上远远传来的火车汽笛的长鸣。

我们回到屋子里，王槐旺抱着一卷花布被子跑来问道："严区书呢？"

明远告诉他说："在路上。"

门又开了，进来两个壮实的农民，像两株雪山上的青桐树似的。他们是邻村的农民通信员，连夜传送一封信，信是由区委会发出的，信上写着，"元旦日上午九时，在区委会召开乡支书、各社生产委员和青年突击队长的联席会议。"

明远看完通知，匆匆披上大衣说："我也走了，得找文书，立刻给各社传达这个通知。"

我看看表，时针已近五点。黎明临近了，一九五六年的第一个黎明临近了。风雪继续吼着，这时候，多少人冒着风雪，在乡村的道路上，迎接这个伟大的黎明啊！

1956 年 1 月 20 日夜

1

呜呜的汽笛声，飞过寂静的田野。

远方，树林后面，西行的晚班火车刚刚过去，时间约莫是十点钟，村巷不时有关闭大门的声音，多数人家已入睡。王北顺，一个十八九岁、蓄一头漂亮短发、皮肤浅黑、眼睛豁亮的小伙子，还站在自家院落的后门外，靠着一棵高耸入云的白杨，凝望着村外的一片果园想心事。

果园在田地中间，靠近水渠转弯处，离村口百十来步，四周全是麦田。下弦月，迟迟地从河湾树林升上来，高远的天空依然黑暗，星星稀少，远近的屋脊、井架、干草垛的圆顶，全镀上一层幽暗的夜色。果园显得格外朦胧、幽静、神秘。园林深处一缕黄色的亮光，从枝丫间透过来。

那里有一处独立的人家，没院墙，只有三间面向村庄的小屋。在那低矮的瓦屋里，住着一对年老的夫妇。他们的儿子在外面当干部，住在西南高原上一个边远的小城里。老夫妇守着一个闺女，在合作社里，过着逍遥自在的日子。闺女十八岁，还没许人。老两口是新脑筋，遇到有人上门来说亲，便十分和蔼地说："这是女儿自己的事，找她亲自去说吧，要她情愿才行。"敢直接向闺女去提说的人却不多。 在邻人看来，那闺女，共青团员，眼头高，有主意，虽说平素爱说爱笑，和和气气，可实在不是好惹的；人都说，她正在给自己选对象，将来究竟选上谁，目下很难说；再说，能配得上她的，邻近村庄还数不出几个呢。

北顺算不算一个呢？

"算！"村里人都是这样的看法。 他那整齐而浓密的眉毛，天真而明亮的大眼，端正的鼻梁，圆圆的脸盘，配着他那健壮的躯体，处处表露着青春的美和力量。 他永不说一句多余话。 一天到晚，只见他在做活，做活，他那一双利落的手，从来都不闲着。 他是村里第一个乖孩子，无论谁都能使唤他，几家孤寡人家的水缸，都经常是靠他的肩膀添满的。 更主要的是，他是共青团分支部书记、突击队长、老社长苦心培养出的强硬干部，村里比他大的和比他小的，都乐意听他的话。 村东那条水渠，是他领着他的队员，用一个冬天修成的；村北那个小山一般的粪堆，是他领着大家积起来的；是他一连三次从区里把优胜红旗扛到王庄来……

他，王北顺，曾经被果园里那个高傲的闺女用喜悦的声音呼唤过多少次的小伙子，却在最近一个多月的日子里，一有空闲，就躲开旁人，偷偷站在白杨树下的阴影里痴痴地望着那月色朦胧的果园、密林后面的窗户，和那静静的灯光，盼望着能偶尔看见她的影子。

　　"为啥，你不早些向她表示！"他坐到白杨树旁边的碌碡上，十个手指插在头发里，凶狠地责问自己。"为啥，一同她说话，你就脸红，你就脸烧，你就不敢多看她！你总是害羞，害羞。唉，亏你还是个男子汉、突击手呢！呸！胆小鬼！……现在，却猛不丁地钻出来那个鬼东西，他比你强，他有文化，他……"

　　就是那个"他"，一个在县立中学读书的，穿一身深蓝哔叽制服，眉清目秀的漂亮小伙子，在半年前，一个天气晴明的早晨，乘着社里派去的一辆马车，车上堆着他的帆布书箱、铺盖卷、网篮、提包、搪瓷盆，闷闷不乐地回到村里来。是他的爸爸从城里把他接回来的。他爸爸有了一把年纪，接他回来种地。初回来的一个月，他不出门，躲着人，后来参加了突击队，慢慢习惯了，能抡起镢把去修渠，也能挑起粪桶去淘茅粪。他年轻，他有的是力气，只要他愿意，他什么也能做。社长看重他，请他当民校教员，请他当俱乐部文娱股长。他会打球，会唱歌，会写，会画，会讲故事；他的故事动听，迷人。闺女们偷偷地瞧他，指手画脚地谈论他，赞美他；小伙子们当中也有人崇拜他，追随他。他割草，有几个人跟他去割草；他看戏，那几个人跟着去看戏；他玩鹁鸽，那几个青年也进城去买鹁鸽。如今，鹁鸽成了那几个小伙子最有兴趣的玩意，他们去田间劳动，也随身携带着鹁鸽。整天价成群鹁鸽带着呜呜的哨子，在村庄、田野的上空飞翔。那些小伙子常常停下手里的工作，仰着头，快乐地呼喊着，把手指含在口里，打着呼哨。

这个"他"，神不知鬼不觉地，在一部分青年中显示着他的影响。队长的话不像从前顶用了，碰钉子的事，越来越多。其他的青年对他们掀起的这股歪风邪气非常反感，突击队内部出现了分裂、冲突。"他"就这样闯进北顺的生活里，横在北顺面前，像一块巨大的礁石，横在船夫的面前一样。

"想绕开他，办不到，处处都碰见这个鬼！"北顺使劲地搔着头皮，继续想着，"这样下去不行！"

他从碌碡上站起来，望望四周，周围依然迷蒙宁静。月亮已浮到河湾的上空，满天繁星闪耀。三月的风，轻轻地流着，散播着泥土、野花和新生麦苗的清香气。幽暗的果林里，灯光依旧燃烧着，不亮也不暗。他期望听到的声音，始终没有传来，仿佛那里只是一座空屋，不曾住人似的。

一只瘦小的狗，沙沙地从小巷子跑过去，它的后面远远地出现了一个庞大的人影，那影子缓慢地、一摇一摆、扑里扑搭地走过来。这是五保户冯大伯老头子，他穿一身宽大的棉裤袄，戴一顶有护耳的旧帽子，右手挂着一把铁锨，左臂弯挂一个装满麦草的大筐子。他不能做重活了，社长给他安排了个好差事。这几天正是青壮社员们担稀粪泼麦田的时候，社长叫他专管记工数、发粪牌。

他是个爱说笑的老人，平时在年轻人面前，没老没小。他甚至没有抬起头来看一看，便搭讪着说道：

"是北顺吧！错不了，准是北顺哩！"

"就是的，大伯！"

"在这儿放哨吗？"

听了大伯善意的调笑，北顺只觉得火辣辣地满脸发烧，好在茫茫夜色，像一副天然的面纱，使他能隐藏起羞红的面孔。

老头子关切地继续说道："老是远远地躲在树后边有啥用呢！憨孩子，托个媒，去给她说说吧，啊？你只要到供销社灌上半斤酒，顶好是'太白'，或是到集上去穿四个糖油糕也行，把老伯孝敬孝敬，老伯去给你办这事。我和她老子是老交情，狗皮袜子没反正，啥话都说得来，只要我说一句话，保管给你说成。"

"我不明白你说些什么，大伯。"

"噢！还对大伯守秘密呢！那就不提了。"老汉哈哈哈地笑着，说，"说别的吧！"

这个老伯，虽说是吃闲粮不管闲事的人，可是村里无论啥事，他都看得清楚，瞒不过他。他把筐子慢慢放在身旁，看看来往的路上，然后小声说："顺！你是队长，我得跟你打个招呼，你们队里有人欺侮我老汉啦。"

"怎回事？"

"有人虚报冒领，担一担，报三担，掏腾我手上的工分牌呢！"

"谁？"北顺急切地问。

"我还没有查实，先不给你说名字。不过这件事是真的，不会错。"老伯蛮有把握地说。

"不会的，老伯！"北顺坚定地说，"我们队里的人，我全清楚着哩！ 虽说有几个人近来有些爱逛荡，干活劲头放松了，实在叫我头痛，可是要叫他们去干这样的事，他们谁也不会干的。 别说两担茅粪，就是两担金子也不会有人碰一碰。 不会的，大伯，怕是你老人家老糊涂了，把数字记错了。 你顶好回去，和大嬢一块儿再点一点工牌的数目，我大嬢比你肚里有账算。"

"我要算的。 娃呀！ 你太小看大伯了，大伯还没老到那等不识数的地步！"大伯一点也不起躁，只是挎起筐子，预备要走。

"夜这么深了，你到哪儿去，大伯？"

"我也找个地方放哨去，嘿嘿……"老头子扑里扑搭走了几步又停下来说，"憨娃呀，不要站在这儿憨等了。 她不在家！ 还是快到社管会去吧，社长找你。"

"社长回来了？"北顺问。

"刚回来！"冯大伯说。

2

冯大伯的影子，在土墙转角处消失以后，北顺向果园深处投了最后一瞥，便拔起脚来，急急向东巷的一座高大的砖包院走去。 这原是地主冯老三的住宅，如今，社管会占着前院的东西两厢房。 其余房子，住着两家贫农。

　　黑漆大门敞开着，北顺摸索着走过深深的黑洞洞的甬道，便看见东厢房里灯光明亮。 他站在房门口向里边张望，只见会计不慌不忙地在翻查着墙壁上的表册，那里，十几本册子，挂在半墙上排成整齐的一列。 社长刚从县上开会回来，还没回到家里去，正站在桌边同会计说话。 靠后墙的长凳上，坐着一个白皙俊俏的小伙子，那就是"他"，王青选，"有学识"的社员。 他微微斜靠在墙上，两只手插在制服裤的口袋里，一脸嘲弄人的神气，时而望着爱嘟囔的社长，时而微侧过头去，望着炕上另一个人。

　　炕边上的那个人，北顺只凭感觉就知道那是她。 她，住在果园里的姑娘，此刻，穿一身红底黄花的斜纹布紧腰小棉袄，崭新的毛蓝布夹裤，绛紫色的灯芯绒浅圆口千层布底鞋。 她那鲜艳娟秀的鸽蛋形的脸上，带着快乐的微笑，那双细小却机灵的眼睛里，洋溢着聪明的淘气的光波。 她正在故意地逗老社长——她的亲叔叔——生气。

　　"丑女子，你不要显能！ 你的鬼心眼我知道。 你在偷偷笑我，故意逗我生气，我明白！"社长吼叫着，"你小心着就是，这一次你们的任务要差上一丁点，差上一头发丝，我都不答应。 我会把你们告到团县委去，我只要叫人带个口信去，你们那个张书记就会来。 叫他来看看，看你们都是些啥团员！"

　　"我先到县委会去告你！"那被叔叔唤作"丑女子"的云

英顶撞道，"叫县委来整顿你，看你是个啥社长，光是爱咋呼！ 刚回来，后脚还没跨进门槛，你就咋呼开了。 任务完不成你咋呼，超额完成你还是咋呼！"

"哈哈，我咋呼！ 你们超额我也咋呼！ 你们那个积肥场，我们进村就看了。 你们超什么额，啊？ 说这话全不害羞。 ……"

北顺想要走开，却又被一种力量吸引住，他正在犹豫不决，却被老社长那双鹰一样的眼睛扫见了：

"你到这会儿才来了，还不快进来！"

北顺不很乐意地踏进房里。 王青选朝炕边望了一望，又抬起上眼皮瞟了北顺一眼，一脸瞧不起人的神气。 北顺不由自主地向炕边一瞥，正遇着云英严肃的、责备的眼光，仿佛向他责问："你上什么鬼地方胡逛去了，这会儿才来！"北顺忙把目光从炕边挪开，微微拧起眉毛，望着桌上的煤油灯，语气不大友好地问道：

"你找我有什么事？"

这种语气使社长吃了一惊。 他眼皮扑闪扑闪地望着这个出名的老实娃娃，好一阵儿才说道："哈，什么事？ 好事，顶好的好事！"他嘲弄地说。"我找你，打算给你叫一叫魂！ 对了，叫一叫魂！"想出这句挖苦话，他似乎非常得意。"你好像把魂丢到哪个房背后了，唔？"他说着望望其他的人，云英在那里咬着嘴唇，两道秀眉凑到一起，低着眼帘望自己的鞋尖。 青选望着北顺，抿着嘴，弯下去的嘴角挂着一丝笑容。

北顺觉得轰地一下子，仿佛自己的头发着了火，连脖根都烧得热烘烘的。虽是春寒未尽的三月的夜晚，他却觉得这座高大的房子里，闷热得使他透不过气来。他微微转过身去，背对着灯光，抢白着道：

"大叔，你要是没啥正经话对我说，我就回去了！"

这小伙子平素虽然温顺厚道，可是一旦拗起来，也不是那种容易解开的疙瘩。老社长清楚这一点，他闪了闪眼皮，决定不再对他的青年队长开玩笑。对待严肃的人，就应该严肃。

"好，你坐下听吧！"他转过身去对会计主任说，"查一查青年突击队积肥的数字。"说罢，他用严厉中暗藏着尊敬的目光斜视着北顺，想要把这位青年队长适才表露出的那股火气压下去。

会计翻着登记表，拨着算盘珠。

北顺却一点也不示弱，他一只脚蹬在桌旁的凳子上，攒紧眉头说道："用不着翻你那些表格！"接着他把青年队第三期积肥任务的总数、达到的和未完成的数字，一宗一项，说得清楚仔细。

"这就是说，还差百分之五十；时间呢？"老社长装出一副胜利而愤懑的腔调，他存心要激一激小伙子，"时间……只剩十天了！十天呀！"他在桌边走了半个来回，"你们准备好，到十天头上，把红旗扛上出庄东，走后路，送到北李庄去吧！"

王青选俏皮地微笑着，望着北顺撇凉腔："不要紧，到时候没人送，我送。 走村西大路送去！"

北顺窝着一肚子火，没发作，不吭声。

老社长和缓地说："我就弄不明白，你们得过三次红旗，最近是咋日鬼的，啊？ 走了下坡路了！ 突击的劲头小了！这真是，你这队长是咋日鬼的哟！ ……能说出个道理也好！"

房子里静悄悄的。 云英焦急地蹙额凝视着北顺。

北顺沉默了许久，然后歉然说道："队的纪律松了。 玩鹁鸽成了时髦风气，许多人进城去担粪，怀里还揣着鹁鸽，不是说玩鹁鸽就不允许，整日把心思放在鹁鸽上，妨碍正经事就不对了。 ……"他说着瞥了青选一眼，青选忽然警觉地伸直了身子坐了起来。

云英不悦地说："不能说队员赖，不能怪队员。 张书记上回来说得好：没有不好的兵，全看谁带呢！ 就说咱们这儿吧，这几天，还有人挑着粪桶，顶着星星进城，赶天明担三回粪呢。 说来还是个软胖子骨，要是能把别的队员都领导好，红旗还是跑不出咱们村！"

"这样说，是我这个当队长的赖啰！"北顺心里在说，"是呀，她给他护短，给他唱好听的歌！"他想着，瞧瞧青选，青选已经气平了，双手插在裤袋里得意地望着北顺。

北顺猛然想起冯老伯给他说的话。 他二次抬起头来，眼睛直勾勾地望着那张得意扬扬的面孔，暗自想道："他，这个白脸蛋，嫩肩膀头，穿着四个口袋的制服，天不明，挑三担，来回三十里？……"冯大伯的话缠住他的思路，他本想把大伯的话说出来，但一瞬间又打消了自己的念头，接着云英的话，平静地说道："有这样的好队员真幸运，再要完不成任务，就该先撤队长的职！"歇了一下，他转过头来断然地对老社长说："这事情该我负责。给我两天期限，把纪律整顿一下，保证不给王庄农业社丢脸！"

"说到，就要做到，有啥困难来找社委会，社委会给你撑腰。"老社长满怀信心地说。他十分信赖这孩子。这孩子，在党团的教养下，已经学会了用脑筋，无论啥事只要交给他，你尽管放心，他是个办起事来，坚决而又稳当的干部，这在一个年轻人来说，是很可贵的。老社长的目光落在云英身上："你也要负起责任来。"

云英低着眼睛，点点头。老社长望着青选，想了一想说："年轻人，逛头大，玩一玩我不反对，可是要有分寸，不要逛过了头；影响了生产，就更不对了。"青选带着冷漠的笑容，淡淡地说道："不用多叮咛！"

两个小伙子的眼光在煤油灯昏暗的光里遭遇了：一个是严肃的，挑战的；一个是冷嘲的，傲慢的。云英向北顺投去不满的一瞥，然后默默地低下眼帘，两道秀丽的眉毛，渐渐地凑拢在一起……

3

第二天早晨，阳光照着西房的窗楣，正是农村吃早饭的时候。 北顺刚放下碗，便匆匆向王青选家走去。 满巷阳光明媚，三五成群的母鸡，逍遥自在地在路旁和粪堆周围散步、寻食，漫不经心地刨着泥土。 天空洁净无云，鸽群，在蔚蓝色天空下，旋回折转，冲驰滑翔，拴在尾巴上的哨子，奏着单调而自得的歌调。 北顺仰起头来，望着它们，恶狠狠地摇着拳头。

昨晚，他回到家里，躺在床上，翻来覆去睡不着。 祖母好几次心神急切地盘问他心里有啥事，他无心去理会。 最后，祖母自以为知道他的心事，便委婉地劝道："你自家嫌腆，不好开口，就打发个人去说呀！ 如今虽说是讲自由，可不是还兴有人介绍吗？"

"啊呀，奶奶，你知道啥呀！"北顺望着黑暗的屋顶，给奶奶发脾气，"不懂得的事，你少问！"

"噢，噢，我不问，我不问！"奶奶拉了拉被子，不言语了。 可是过不一会儿，又说道：

"有好几回你有差事，出门在外，她就到咱家来，帮我提水呀，磨面呀，烧火呀，做饭呀。 就是上前天，你到县里去开会，她还来帮我择了半天苜蓿菜呢！ 唉，这闺女多好呀！村里人谁不说：不知哪个有福的娶她去呀？ ……"

"啊呀，奶奶，你又来了！"北顺不耐烦地说。

"好好，不说了，不说了……嗯，我还当你喜欢听呢！"祖母翻了个身睡去了。

平时，北顺也许一言不发，听祖母把她知道的事情通通讲个够，可是，今天他顾不上这些，他有别的事情要思谋。他静静地合计来合计去，决定了两个办法来整顿他的队伍。一个是召开全队大会，在会上狠狠地批判批判以王青选为头的玩乐思想，订出一条公约来；可是追随青选，附和青选的队员有好几个，就连她也处处庇护他哩，准备不好，会开炸了怎么办？ 他又想到第二个办法，先和青选短兵相接，面对面谈判，要他自动"缴械"，他接受就好，不接受，还有个回转的余地。 ……

"我知道你要来找我。 等你半个早晨了！"青选在厨房门外，用这样一句话来接待北顺。 他打开了南边一扇小门，随随便便地招呼道："到这儿来吧！"

他们走到后院里。 院地宽敞，清洁，靠西墙有两株杏树，树下有几个用树根锯成的坐墩。 阳光洒在嫩绿的杏叶和木墩上，刚刚落下来的鹁鸪，两只还在房檐上徘徊，两只已落在地面。 它们一动也不动地站在树旁，警觉地望着它们的主人和客人，仿佛有什么不祥的预感似的。

"坐！"青选指了指木墩，自己也拣了个木墩坐下，顺手捉住脚边一只白色的鹁鸪，双手捧着它，贴住自己的脖子和下巴。

"你的两对鸽子真养得不错，训练得很听话！"北顺望一眼后檐墙半腰上的鸽子窝，又望着青选的双手，外表平静地开始说话。

"是不错！"青选也平静地回答，"鹁鸽这东西，真好极了！ 干净，安娴，听话，不像百灵子那样爱吵闹，你一旦和它过活惯了……"

"你就会丢开正经事，花掉很多正经工夫！"北顺依旧平静地截断对方的话。

"那不是它的错。 它不是个小孩，整天缠着你，要你抱；它也不是个大闺女，要谁常常破工夫，蹲在后门口，远远守着它。"青选诡谲地笑着，眨巴着眼睛，"它善良得很，你多会儿想找它玩，只要吹吹口哨，它就扑到你胳膊弯里来了！ 怎样，也买一对吗？"

北顺极力压抑着被激怒的情绪，声音微微显得有些颤抖："你卖吗？ 你卖我就买！ 我知道该怎么处置它！"

"我？"青选带着胜利的讥笑，大模大样摇摇头说，"我不卖！ 集上有的是，到集上去买吧。 ……"

"笑话搁到以后再说，咱们谈正经事吧！"北顺严肃地说，"明天县里逢集，给你半天假，去把你这几只小玩意卖掉吧！ 你带头买来的，你再带头卖出去。"

"为什么？"青选板起面孔质问。

"咱们生产突击队，不能变成鹁鸽队。 它扰乱队的纪律！"

"你的看法太狭隘，我不敢赞成！纪律是人订的，不是鹁鸽订的。它怎么会去扰乱队的纪律，我还想不来！"

"这样好了！"北顺冷冷地说，"咱们订出一条公约来，在做活、学习时间，全队一律不许玩鹁鸽，也不准请假上鸽子市，你把这个责任负起来。"

"这责任我不能负，我自己也不能保证！"青选很坦然地说。

他们争辩着，往后，北顺的态度和缓下来，他极力忍耐着讲了许多道理。但青选，这个娇纵惯了的、连父母的话都不爱听的、自以为有知识的富裕农民的儿子，哪能听一个既比他小又没进过中学校的门，在他看来只不过是个头脑简单的人的话呢？

"你要再想不出旁的话说，我就要起身了！"青选截断北顺的话头，直截了当地说，"我很忙，你大概也不消闲吧！"

他一边说，一边撒开手，让鹁鸽飞上屋顶去。自己走到南墙根下，挑起一副桶担。

北顺也站了起来，紧紧拧着眉毛，说道："好吧！今晚开队员大会，让大家来决定这件事情！"

"那更好！"青选毫不在意地应答着，拉开后门，扬长而去，留北顺一人站在院里。

4

独自从青选家里走出来，北顺的胸膛里烧着一团怒火。头上那白色的鸽群，那呜呜的哨子，仿佛有意嘲弄他似的，低低地擦着他的头顶，嗖嗖地一飞而过，飘然上天。瞬间，他的胸口憋闷得要爆炸了，他，尽一切可能，控制着自己。

他低着头，走着，走过村后的大路，走过村外的荒树园，走上村郊的田埂；他走着，低着头，思索着，谈话失败了，失败而又受到轻蔑，受到侮辱。……

他走着，脚下是松软的土地，四周是密密的枝叶，一株树又一株树，从他身旁退去，低低的枝丫不住地打着他的面颊。他走着，低着头，直到一串清丽的笑声，打断了他的思索，他方始从愤怒中清醒过来，发现自己置身在果林里。四周，娇嫩的树枝，把金色的阳光筛落在地面，霜白细小的蒿草上，露珠儿闪着晶莹的光辉。他站下来，一眼就看到树枝后面她的身影。她站在一棵白花盛开的梨树下，一边松土，一边在顽皮地嬉笑她的老爸爸，老人正在装出一副愤怒的神气斥责她，她却不住地笑着，故意淘气。

忽然，她收起笑声，攀着树枝，停下手里的工作，凝望着北顺这边。北顺急忙把头转向别处。他感到很窘，他决定赶快跑出果林，但他的一双脚却不听话，像树根似的牢牢长在这块地上。他又把头转过去，她已经离开原先那棵梨树，在离北顺最近的一棵苹果树下站着，望着北顺，眼睛里流露出不满但是愉快的神色。 直到这时，北顺才明白自己是专意找她来的。 他鼓起勇气走到她面前。 像往常一样，他的眼睛不服从他的意志，他不敢多看她。 凭感觉，他知道她一直在看着他，他越发抬不起上眼皮。 由于不满自己的怯懦，他的双眉微微皱了起来。 想说的话很多，他不知该从哪里说起。

"什么风能把你吹到这儿来！" 她先开口了，微微有些激动的声音里，带着埋怨和不平。

"我来找你，有要紧事！" 北顺在慌忙里，直截了当地谈到了工作，"今天晚上，咱们召开队员大会。"

一阵沉默。 最后，她轻轻冷笑了一声，那笑声里很有些不耐烦。

"我知道，不谈工作，你永不会上这儿来！" 她淡淡地说，"好像这里住个什么坏蛋，会拉你走上邪道似的。"停顿了一下，她接着说道："这个园子也是合作社的，你也该常来看看，看管园子的人工作得好不好，这里也有你的一份。 别那么不关心！"

她的话，有分量，句句敲打着北顺的心，使他的思想更加慌乱。 他想向她解释，说自己并不是不想来，可是，瞧她那刺透人肺腑的尖利的眼光，话未出口，他的脸先红了。 他不得不急忙转向别处，舌头也不听指挥。 她在静静地等着。他踌躇半晌，终于像一个溺水的人，紧紧抓着一块船板似的，又说出那同样的一句话来：

"今晚开队员大会，今晚——"

"你已经说过一遍了！"她平静地笑着说，仿佛很替他难为情。

"我是说，咱们商量一下，看在哪里开。"北顺慌忙里信口补充了这么一句没意思的话，一边说，一边自己就懊悔了。

她笑了。"这么点事，还用得着跑这么远路找人商量！哪儿都行呀！"她说，"咱们还是谈一谈，会该怎么开，才能开得好。把问题想得周到些，别到时候，乱了套。你说是不是？"

怎么不是呢？这也正是他所想的。连他自己也觉得奇怪，不知为啥，在她面前，他总是不自在，净说些不上串的话，想说的话却一句也说不出来。几分钟以前，他面对着青选时，那种冷静沉着的本事，不知消失到哪里去了。

"你计划怎么开法？讨论啥问题？"云英催问一遍。

北顺没有立刻回答。他努力使自己忍受难堪的沉默。她等待着，他却迟迟不开口。他亟须从容。

他使自己镇静了。

"纪律，劲头，玩鹌鸽——三大问题，"北顺从容不迫地说，"要讨论这三大问题。"

云英点点头，表示默许。

"我这一向没尽到责任，我软弱，迁就，我向全队检讨，"北顺继续说，"可是，咱们的锅里，掉进老鼠了！"

云英迅速抬起头来，眯着眼睛望着北顺，问道："你说谁？老鼠！"

北顺没有回答。他们的眼睛会意地互相望着，一切全很明白。

"你啊，就是有些狭隘！"云英低着头，说着，瞥了北顺一眼，又低下头去继续说，"我知道你对我有意见。可是，我还要说，你，狭隘！"

她微皱起眉毛，望着北顺，北顺的眼睛不再向别处逃跑了。她接着说道：

"他任性，骄傲，爱挖苦人，这是实！他贪玩，也是实！可他进步得快，也是实在的呀！初回来那时，他挑半桶水，还要五步一换肩，十步一停歇；现在，他天不明，挑三回粪，一百多斤的担子，来回三十几里。他和大家，又慢慢合得来了。怎么能说他是——"

"你说的，是事实，"北顺说，"可是，我不明白，有些事情你怎会看不出来，他身上有些东西去掉了，还有些东西，不惟没去掉，反倒传染开了。我们这锅汤，让他搅坏了。"

"他传染了你？"云英不悦地质问。

"那可不大容易！"北顺平静地回答。

"传染了我？"

"我没那么说，"北顺辩驳着，"可是，有一部分队员，被他引坏了，铁栓、保平、杨河他们，近来，简直成了鹁鸽迷，一逢集会，就要进城，好像旧日的赌博轱辘子，离开他们，场合就不得圆似的。"歇了一下，他找补着说："玩两天鹁鸽倒不要紧，怕只怕他们游荡得日子久了，干出别的事来！"

"你要怎么办？"沉默了一会儿，云英担心地问。

北顺断然地说："怎么办？　不许他玩这个！"

"你也该当面和他谈谈呀！"云英急迫地说，"当面谈谈不好吗？"

"我去谈过了，"北顺淡淡地笑着说，"可是，他不买账。　他哪儿瞧得起人？　他看人，一下就从人的帽梁上看过去了！"

云英蹙眉沉思了一会儿，小声说道："我去跟他谈谈！"

"好！　你和他谈谈吧！"北顺迟疑了一阵说，"只要他肯接受。"说完这句话，北顺最后望了云英一眼，慢慢地走开了。

5

北顺回到家里，冯大伯正坐在阳光里和祖母拉家常。

"有多少话哟，尽着说呀说的没个完。"冯大伯老没正经地取笑着这个他最喜欢的小伙子。　他一边说着，一边诡笑着望了祖母一眼，祖母也乐呵呵地笑了。

北顺皱着眉，噘着嘴，没理睬两位老人家。

"怎么，没弹到一根弦上，啊？"大伯继续取笑，"不要灰心，诚心能感动得石头落泪哩！你只管实心实意，腊月的桃树都会为你开花的。你是个诚实的小伙子，这就是你的老根本。啊！把心放宽些吧！小伙子！只要是宝，总会有人来采的。用不着愁眉苦脸哪！"

这老人真好啰唆哟！

"大伯！社里今天没给你派活吗？你该上地里去了！"北顺不耐烦地说。

"我专意来找你，"大伯装着生气的样子说，"可你让谁拉住后腿啦，老半天不回来。"

"找我干啥？"

"无事不登三宝殿。"大伯严肃地说了一句，停下来，吧嗒吧嗒吮着烟管，好像拿不定主意似的，过了老半天，才接着说道，"昨天黑里，我给你说过，你们队里有人冒领工分。为了弄个明白，昨晚，我在地头挖了一个窑窝，给里边铺了半筐子干草，我就在坑里蹲了半夜。天好冷哟，后半夜冷得我骨节痛，要不，你看我这阵儿还在晒太阳。我一直守到天明，又守到吃早饭，我亲眼看见他天明以前只担了一担粪回来。他这会儿，还没找我来领工分牌，看他今天给我报几担！可是，我听他已经放出口风了，他在地边给别人说，他天亮以前，担了三担啦！"

"真有这回事？"北顺严肃地问。

"老腿都冻得弯不回来了，还会有假！"

"谁？"

"谁？你猜！"大伯叹了一口气说道，"万万想不到，这娃娃会这样不诚实，平素看起来，也倒罢了，实在想不到他也竟能干出这事……细想起来，也不奇怪。家里富裕。他娘老子四十岁上，才得的这一个娃，真是一句一个亲狗狗、欠蛋蛋地抱大的，从来是一句重话不说，一点意思不拗，要怎就怎；加上最近这一阵，只顾耍了鹁鸽，没做够工分，一着急，便胡来开了。唉！他爹一辈子是个好强好胜的人，又是个半病身子，儿子干了这事，这一下，弄得不好，说不定把老汉的老命送了呢！"

"真是他？"北顺听说是他，诧异地问。

"就是他！"大伯惋惜地说，"你是他的队长，我报告给你，你打算怎么办呢？"

北顺激动地站起来，又坐下。

"大伯，你把前后几天的情形，仔细给我说说！"为了弄明白全部情形，北顺向冯大伯提出这要求。

冯大伯说得很仔细，不漏掉一星半点要紧情节，他的叙述，足足用去一顿饭工夫。北顺和大伯琢磨了好久，最后判明了事实，说道：

"这事，是从昨天早晨才开始，昨天算是初犯，今天是第二天。今天他还没来领工分牌，暂且不算。那就是说，昨天，他初次捣鬼，冒领了两担粪的工牌。"

"对！"冯大伯说。

北顺铁青着脸，拧紧眉头，好半天不说话。

"该怎么办呢，啊？"冯大伯催问了几遍，"这事真叫人伤脑筋。唉！年轻人呀，一时糊涂，干了件没脸面的事，往后在人前……唉，这娃也是自己给自己脸上抹泥巴哪！……真该怎么办呢？这事……嘈喝出去，这娃慢说在王庄，就是在这个乡，日后，……见人……唉！北顺，你说可该怎么办？这娃，平素也还是个好娃，你说呢？"

北顺依旧铁青着脸，拧着眉头，不说话。

"年轻人，一时间管教不到，做出点错事，只要日后能改，也不可太为难他！"祖母说着，望着北顺。

"谁教他干这种事？哼！"北顺愤愤地说。

"树不科不长，竿儿不扶不正，"冯大伯附和着祖母，说，"娃娃总要勤管教哩！"

北顺的脸色更加铁青，眉头拧成疙瘩了。他交叉着双臂，不高兴地说："大伯，这就是你的不是了！要是你头一回发觉他向你捣鬼，当面给他揭破，就不会有这回事了！"

"嗬！倒责怪起我来了！"冯大伯翘起胡须，假装生气地辩驳着，"那时，我还把不准呀！"

"今早你该把准了吧！"北顺说。

"嘿嘿嘿……"大伯得意地笑着，"今早晨我当然把稳了！可大伯的胸膛，既然有这么一把白胡子，就不能像你们小伙子家那样冒冒失失啦！当时跟前那么多人，我三言两语把事情戳破，叫那小伙子脸往哪儿藏哩！"

"算了吧，大伯！"北顺不信任地说，"你是个老滑头，怕得罪人罢了！"

"胡说！"大伯恼怒了，"你刚才在果园没看见我在地头上给他说话？"

"你给他说明了？"北顺问。

"没有！我何必给他说明呢？如果他是个好的，就用不着给他明说。如果他是个瞎东西，你就指着他的鼻子也不顶用。我只是把他叫到一边，漫不经心地让他看了看我那个窑窝。他当时，轰地一下脸红了，一会儿又变得刷白。这些我全看在眼里，可是装个没看见。好一会儿，他才结结巴巴地说：'大伯，你就不怕冻出病来吗？'我说：'为把社员大家的事情办好，我情愿舍我这副老骨头。你们年轻人，能够半夜起身去挑粪，我老了，没力气了，可是陪你们起个早，在地头转一转还能办到！'他听了我的话半天没言语，最后，低着头，挑着桶担回去了！"

"你给社长说了没有，大伯？"

"说过了！"大伯说，"社长也很生气。他要我告诉你，叫你处理，如果你处理不了，就去找他！"

"我能处理！"北顺急着说。他知道社长的用意，是要让他独立工作，让他锻炼。

"你打算怎样……？"冯大伯问了半截话，望着北顺。

北顺没立刻回答，他转过头去，凝望着后门外春意洋洋的田野，沉思着。

云英出现在门口，她站在那里，神情有些沮丧，望着北顺，北顺稍稍地迟疑了一下，站起来，走到门外去。

"他不理我！"她的声音里流露出气愤和委屈，"不愿见我，一看见我他就躲！他明是闲着没事干，抱个脑袋坐在后院里晒太阳，一见我进门，就挑起个桶担往外走，叫了几声也不答应。他那副皱着个眉头、哭丧着脸的样儿，活像死了人似的。"

北顺很想问云英一句："你觉得这人到底怎么样？究竟是不是我狭隘？"可是这话他并没说出口。

云英接着说道："听他妈说，他吃早饭时还是好好的，高高兴兴的，不知出了什么事，忽然挑着一对空桶丧魂失魂地回来了！他说他要上西安去找他三叔，给他在城里寻个事，哪怕给人擦桌子扫地都行，不愿意再在乡村挑这粪桶。他还说，他在村里待不下去。"歇了一下，云英问道："是不是你和他谈话，谈得……你到底怎么跟他谈的呀？"

"不，他跟我谈话时，态度硬得很呢！"

"那到底是为着啥呀？"

"你问问冯大伯就知道为啥！"北顺心里这么想着，口里却问道："他现在在哪儿？"

"挑着桶上城里去了！"

北顺走到门后，挑起桶担来，大踏步向大路走去。

"上哪儿去？"云英急切地问。

"去找他！"

"你别去！"云英小声阻拦着说，"你跟他谈不到一起，越谈越远啦！"

"试试看！"北顺头也不回地奔上大路。

云英呆呆地站在门口，眼睛里充满焦急和忧郁。

6

北顺踏着大步，急匆匆向前赶着，不时眺望着远远的路尽头，也看不见青选的影子。一直赶过南李庄，跑下李庄村南的小坡，才看到路旁摆着一副熟识的桶担。离大路不远处，有一口水井，新生的梧桐围着井台，矮矮的井房，隐在一棵很大的林檎树下，隔着房角，露出一只穿着运动鞋的脚来。北顺放下肩上的桶担，走向井台，见青选背朝着大路，孤独地呆呆坐在井边，一手支着头发蓬乱的额角，一手拿着个小土块，在地上写着自己的名字，写一遍又一遍，不时地，深深叹息着将土块投进井里去，然后，又掰下脚边的土块写起来。北顺一直站在他的背后，他丝毫也没有察觉，他越写越快，到后来，只是狠狠地信手乱划着，地上划起许多小沟，最后，他用力地把土块抛向远处，双手勾在脑后，抱起自己的头来，烦躁地摇着，不住地唉声叹气，接着又痴呆呆地望着自己的两只脚，陷入沉思状态里。

"青选！"北顺低唤了一声。

青选依旧低着头，没有任何反应。

"青选！"北顺转到他面前，又叫了一声。

青选像被惊吓的野狼似的猛地抬起头来，一双眼睛睁得大大地盯住北顺，眼睛红红的，好像蒙着一层云雾，但那充满怀疑、恐惧和准备自卫的眼神却显得有些怕人。

他们俩互相打量了有半分钟，谁也不说话。青选忽然站起来，转身要走。北顺伸手按住他的肩膀说："别走！歇一会儿！"

"我歇的工夫大了！"青选颇不友好地说。

"再歇一会儿！"北顺冷静地坚持着。

青选向旁边走开几步，双手插在口袋里，背靠着土墙站住，盯着北顺，静静等待着。

北顺坐在流水的石槽上，打量了青选一眼，缓慢地说道："冯大伯说，咱们队里有个队员，多报工数，冒领了工牌。"

青选的身体微微颤抖了一下。

"你知道不，是谁？"北顺继续问，眼睛不离开对方。

"你问我？"青选的脸色青一阵红一阵，"你是队长，你应该知道。"

"我自然知道一些！"北顺淡淡地说着，叹了口气接着说道，"唉，这事该怎么办呢？"

"你既然知道是谁，你就知道该怎么办，"青选仍旧不友好地说，"你觉得怎样方便，怎么办好，就怎么办吧！"说完这话，他便准备脱身走掉。

"我想跟你商量商量！"北顺说着，拦住青选。

"跟我商量？"青选反感地瞟了北顺一眼，"哼！ 跟我商量！ ……依我看，摆在桌上的鱼是跑不了的，细嚼细咽也好，一口吞下去也好，横竖都是一样！"

青选的口气越来越强硬，完全是一派"打烂账""豁出去"的架势，可是他那困惑的浑浊的眼睛，苍白的面色，不时哆嗦的嘴唇，以及跟往日决然相反的不灵便的舌头，暴露了他内心的慌乱和悔恨。 为了保护他自己，他不假思索地以敌意的眼光望着北顺，以强硬的言辞，在北顺面前筑起一道防护墙，表示自己是个硬汉子，不管天塌地陷，也是威风不倒，至于后果会怎么样，他此刻已无从顾及。 他只有一个念头：既然对手抓得这么紧，一场打击躲不开，那就不要在对手面前做出鳖样子来。 北顺看得明白，摸得清楚。 此刻，他听完青选的话，沉默了一会儿，为了攻入青选的心坎，战胜青选的绝望的抵抗，他改变了话题：

"你半天坐在这里想什么？"

青选警惕地望着北顺，老半天才掉过头去说："什么也没想！"

"不用瞒我！"北顺微笑着说，"你的想头，我能摸个十之八九。"

青选又迅速地转过头来，盯着北顺，眼睛里充满了狐疑的神色。

"你想：完了，全完了！ 你想到你的老师、同学，常常来信鼓励你，"北顺继续说，"可是，这一下全完了！"

青选低下眼帘。

"你想到全队至少有一半人，平素喜欢你，跟你相好，如今，完了！ 在王庄没法待下去了！ 不如走得远远的，日后谁也不见。 你还想：哪怕让我现在担几十担粪，一个工分不要呢！ 只要别人不斜着眼看我！ 可是，迟了，来不及了！"

青选惊奇地抬头望了北顺一眼，又不由得低下头去，眼睛里那种敌意已经看不见了。

三月天艳丽的太阳，在头顶照耀着，娇嫩柔韧的树枝，在春风里轻轻地摇着，一只母兔在绿茸茸的麦田里欢乐地跳跃，路上的行人，哼着歌儿，从井台旁边走过。 这样美好的时光里，谁能想到，这两个新生杨柳一般的青年，在这儿进行一场不愉快的谈话。

"你都猜得不错！"青选忧郁而烦躁地说，"你愿意怎么来就怎么来，我等着！"

"根本用不着我动手。"北顺平静地说。

"是啊！ 我自己跳下井。 你只要顺手把井口盖起来就行了！"

"我？"

"至少你可以回到自己家里，暗地里鼓掌叫好！"

"我？"北顺压制着愤懑，和缓地说着，从石槽上站起来，交叉着双臂，厌恶地向旁边走开几步，然后半转过身来，继续说道，"教民校你教得不错，换过几个教员，只有你合大家的意；俱乐部死气沉沉，你一来就搞得很红火，打败了全乡各社的篮球队；我虽说和你搞不来，对你有意见，可是在民校，你也得说我是个好学生，我从来没给你捣蛋过！"

青选静静地听着，慢慢地低下头去。

"你说说，我算不算个规矩学生？"北顺追问一句。

青选点点头，有气无力地说："我从来也没说过你是个赖学生。"

"可是，你在生产队里呢？"北顺又问。

青选低着头没回答，只轻轻叹了口气。

"你本来可以在队里起作用，起好作用，"北顺继续说，"你知道有不少人听你的话，看你的样子行事！"

"我……"青选准备说话，可是话到口却又收住了。 北顺在静静地等待着。 片刻的沉默。

"我打算上西安找我三叔去！"青选吞吞吐吐地说。

"民校谁来接？ 你不是说，积肥突击月一过，全乡民校要会考一次吗？"北顺问道。

"是啊！"青选的眼睛里生出一点活气。 他蹲下来，眼睛直勾勾地望着北顺，好像从来不相识似的，随后又低下头去捡起一块黄土块，在地上划着，好一会儿，才喃喃地问道："到底怎么办？"

"你懂得该怎么办！"北顺说，"今晚的队员大会暂时不开，你还有工夫多想想。 主动权还在你手里。 现在，咱们进城吧，别人都担回两担了！"

一个夜晚和一个白天过去了。

黄昏后，月亮刚刚露出地面，十几副桶担，一字儿排在村口的大路上。 十几个小伙子，在热烈地喧嚷着。 他们刚刚开完会，要连夜进城去搜肥，全队人马正陆续到村口集合。

只隔了一天一夜，突击队就变了样。 今天早晨，冯大伯跑来告诉北顺说："你说这事怪不怪，那小伙子，昨天担了一天，晚上直担到半夜，我明明记得他担了十一回，可是他刚才来找我只报了九担，你说这是耍的什么鬼把戏？ ……"

"那有什么奇怪呢！"北顺说。

大伯想了想，点点头说："嗯！ 对，对，是那么回事呀！"他高兴得哈哈大笑。

北顺看明白这一切，觉得是开队员大会的时机了，便立即召开了大会。 会上，队员们正在讨论如何加强纪律，完成突击任务，青选忽然从昏暗的角落里站起来，要求发言。 他站着，不住地干咳嗽，望望墙角，又望望天花板，足足过了十分钟，才磕磕绊绊地开口说话。

大家听着，起初目瞪口呆，继而交头接耳喊喊喳喳，最后，有人热情地喊着："对，你做得对，突击队员就应该这样诚实，做错了事，不等别人去揪，就自动挺出来……"

如今，大家还站在大路边，围着青选，热烈地议论这件事，安慰和鼓励着他。几个年轻的女子，也夹在里边，说个不停。

青选激动得不知怎样才好。

北顺站在人群旁边，不插一句话，静静地听着。云英撞了撞北顺的胳膊，小声地责难道："怎么听不到你半句鼓励的话呢？你是团支书，又是队长啊！"

北顺吃惊地转过头来，在朦胧的夜光里，望着云英那黑宝石般的眼睛，那眼睛仿佛在说："别那么小气！"

北顺的嘴角上渐渐显出一丝笑容来，小声说道："青选自己提出来要在团小组会上作一次检查，回头咱们团支部开个会，研究一下。说鼓励话的日子多着哪！还得瞧一瞧再说。"说罢，他掂起扁担，向大家喊道："同志们，动身吧，时候不早了！"

一片铁钩碰击桶梁、瓦罐的声音……

队伍走远了。云英穿过低矮的树枝，向果林深处走去，脑子里反复思索着那句话："瞧一瞧再说。"

"是啊，应该瞧一瞧再说。"老爸爸斜靠着炕墙，吞吐着一缕缕白色烟雾，用赞服的声调对女儿说。女儿坐在炕边，眼睛越来越明亮，她笑了，笑容是羞涩的，得意的。

其时，夜已沉静，远处，隐隐传来突击队员的歌声。

1957 年 12 月 25 日于西安

1

这天早晨，田间宁静得出奇，太阳已高高升到碧蓝的天际，还不见人下地做活。 人都挤在村巷里，散在大路上，挎竹篮的，背褡裢的，推独轮叫蚂蚱车子的，赶双套胶轮大车的，你呼我唤，热闹非常。

镇上逢大会，社管理委员会被社员群众的呼声降伏，决定大放假，预备了十乘大车，让社员们美美地去畅快一天。

从小麦搭镰，夏忙开始，整个夏天，又一个秋天，社里的生活就像走马灯，社员们忙得团团转，连个上街灌油倒炭的空儿也少有。 现在，秋庄稼已收完，蔬菜卖过大半，堆积如山的棉花进了轧花厂。 这时节，像社主任说的，"社员的腰包胀了！ 社长的声音没售货员的声音中听了！"不得不放假。 大家都有些私事要办。 说实在话，再过几天，冬季生产运动开了头，就连个放屁的工夫也没有了。

私事人人有，各人的私事却不一般。 有买油的，有担炭的，有扯布的，还有进戏院的，有那些热恋的青年男女，进照相馆去拍照的，也有和介绍人一起，到女家去送礼求婚，和未来的丈人丈母正式见面的。

这是一个处处表现着富足、欢乐的日子。即便是那些生性爱唠叨、爱抱怨的管家婆，这一天，她们的唠叨和抱怨，也是喜气洋洋的。

大木匠的老婆，桃叶妈，就是这样个人。她天不明起来，直唠叨到现在，还看不出有歇一歇的意思，甚至越来越上劲，就像她麦月天，在田里，和男人们比赛割麦，在脊背上搁一页瓦，抢一上午镰刀不展腰似的。

她有一个女儿，名叫桃叶，今年已满十八岁，出落得像年画上的人物一般。妈疼她，不肯轻易许人。有些相好的，前前后后给介绍过三个对象，妈全不中意，只推说：女儿大了，让她自家去挑吧。如今桃叶自己挑中了一个人，妈妈四处访问，盘根究底，打听了两个多月，觉得女儿的眼头确实不错，这才点了头。约好了今天下午由介绍人领着那个小伙子，来登门拜访，桃叶妈又是欢喜又是焦急。

按照时下不成文的规矩，这一天，男方亲自带着订婚的礼物，到女家来拜访，女方少不得要有一番招待。最简单的，不设筵席，也得留介绍人和未来的女婿，吃一顿油饼。丈人丈母，给女婿的见面礼，也是少不了的。

桃叶妈不是那等马虎人，她虽过了半辈子贫寒生活，在人情门户上，却从不愿听旁人半句闲话。何况今天，在她看来，是一个顶重要的日子，定要做到皆大欢喜才是。可是她的丈夫大木匠，却是另一号人，他对这一切全不在意。逢着这样大喜的日子，他不说帮帮忙，连问一声也懒得问，仿佛家里今天什么要紧事也没有。他另有使他入迷的事情。

遇到这种情形，桃叶妈要不唠叨一番，就不算真正的桃叶妈了。她觉得全家只有她一人，才懂得这个日子多么重要！至于别的人——丈夫，女儿，全都是些二马虎，不把这么重要的一天当作一回事。一清早，她就拿重话收拾桃叶两回了。头一回，桃叶正帮她择菜。她气冲冲地嚷道：

"你搁下，谁要你来穷积极。这厨房，可不是你们那青年突击队。都到这会儿啦，不说把你那头面收拾收拾整齐。今儿是啥日子哟！看你呀！头发像个草鸡窝，衣服脏得像个土驴儿，恰像刚打磨道里钻出来一样。还不快去梳梳洗洗，把衣裳换换！雪花膏啦，生发油啦，买回来不用，放在那儿干啥呀！"

桃叶羞涩地笑了笑，走开了。

可是桃叶刚刚去了不一会儿，她又喊叫开了："桃叶哟，桃叶呀！这死女子，怎么一去就不来了！"她走到厨房门口，斜着身子，望望对面女儿的小房。看见女儿正坐在镜子跟前，左瞧右瞧，便生气地奚落着说："哎呀呀！行了，行了！抱住个镜子就没个够！都是三天不见两天见的人，又不是头回见面，尽着照啥呀！雪花膏啦，生发油啦，都是自己掏钱买的，不是别人白白送的，省着点！"

桃叶熟悉妈妈的脾气，依旧羞涩地笑了笑，走来了。

"哎哟！你怎么头上不擦油呀！"妈妈望着走进厨房来

的女儿，"去吧，去吧，不擦些油，头发干得像把棕刷子，多么丢人现眼呀！"

桃叶依旧笑着，说："妈，我擦上了，你就没细看！"

"多擦些！你就费也多费不了二两油，别心疼，买来，就是给你用的。今日不用啥时候用呀！去吧，擦得重重的！"妈妈固执地嚷着，把女儿推过门槛，她又急忙回到案板边去。

要在平时，桃叶早就使起小性子，和妈妈顶撞起来了；可是今天，她觉得一切全很异样，陌生，新鲜，就连屋顶上空的太阳，也仿佛不是往常那个太阳似的。她简直不知道，这一天应该怎么度过，无论什么事，她全没主意，妈妈说啥她听啥。可是她实在不爱那些生发油。此刻，她不知道该怎么办。幸好，她还没走，妈妈又嚷叫起来了。

"啊呀！桃叶呀，咱们的粉条子搁到哪儿啦？"妈妈正在两手不停地翻竹笼，翻壁橱。

"早用完了，妈！"桃叶笑着走进来，"你忘啦！上前天，咱给学校老师管饭，做了臊子啦！"

妈妈摊开双手，着急地说："你不早给我提醒一句！唉，一家人，到要紧处，一个也用不上，就像这是我一人的事。你早给我提醒一句，你爹上会去买礼物，就一块儿捎着买回来啦，这阵儿，可怎么办？"

"我爹还没起身呢！"桃叶说。

"啊！"妈妈大张着惊愕的双眼，"还没起身……这半天他在哪儿？ 怎么连个人影也不见！"

桃叶用下巴指一指东边一间虚掩着柴门的小房，说："我爹好像忙着呢！"

"忙什么！"一望见女儿指的那间小房子，妈妈的怒气就冲上喉咙了，她三步并作两步地向那里走去。

这是一间不住人的厦子房，间半宽，四壁用细泥搪过。墙腰钉着一排木橛，挂着大大小小的锯子、刨子；再上去，有一个七尺多长的架板，上面摆着各种刃形的凿子、锉刀、镂花刀；带有水平槽的两用尺子、锛子、大解锯、斧头，静静地立在墙角落。乍看这些器具，谁也会知道这是个木匠的房子；奇怪的是，房里没有一件木器，却摆了许多奇形怪状的铁制家什。长翅膀的铧锣，带着纺轮似的长臂宽刃割刀锣……

北墙上开有小窗洞，窗洞两边的墙壁上，用枣刺钉着许多图纸，在方的、圆的、三角的、弯曲的图样上，填满了不同的尺寸。窗前有一张木桌，桌上摆着墨斗、曲尺、土白纸。此时，大木匠正蹲在一条长凳上，伏在桌边，一手握着曲尺柄，一手拿着牛角削成的画线笔，搔着鬓角，聚精会神地望着一张画了一半的图样，口中念念有词："五寸五，……七分，……弯，再弯大一点，……五寸五……"

哐啷一声，门开了。

大木匠动也没动，依旧聚精会神地喃喃着："五寸五……七分……"

"啊呀！ 好我那神神哩！ 看模样，你快要蜕化升天了！"

大木匠动也没动，依旧若痴若迷地喃喃着："五寸五……七分……"

"倒是一毛！"桃叶妈没好气地说，"听见没有？ 你聋啦！"

"啊？"大木匠依然动也没动，头没抬，眼也没离开桌上的纸。

"啊，啊，啊！"桃叶妈学着丈夫的腔调，生气地重复着。 她知道，不论怎么声大，木匠也不会动一动，哪怕房子着了火，他也不会动一动眉毛。 她有另外的法子治他，她虚张声势地向那些奇怪的铁器走过去。

大木匠像被弹簧弹开似的，从长凳上跳下来，跳到老婆面前，插在老婆和那些奇怪铁器之间，像城门口的卫兵似的："干啥，干啥，你说呀，我听着呢！"

"干啥？ 你不知道干啥？ 就像是我一个人的事情，谁也不放在心上！"

"你说得截近些，别扯得太远！"

"我扯得远！"桃叶妈气越发不顺了，"你近！ 近得日头下了台阶啦，你还没起身！ 再磨叽一阵，会散啦！"

"马上就去！"木匠用和解的语气说。

"不能再耽搁啦。 咱就这么一个女儿，女婿呢，人家是青年技术组长，人前头的人，说啥也不能慢待！"

"对，对，对！"木匠说，"马上走，这点事情弄妥，马上就走！"说着，他的一只脚又跷起来，扎在长凳上。

桃叶妈一把拉住他的裤脚，一手抓着桌上的曲尺："说走就走！又往桌上爬，爬！"

大木匠无可奈何地说："唉，走走走！你这人呀，真是个抵角牛，不抵倒南墙不回头。你就不想，这么点事，我就能把它误了！路又不远，三脚两步就是一个来回，你啥时用，我啥时去都跟得上。"

"少唠叨些，快起身！"桃叶妈露出得胜的神气，"再捎上半斤粉条子。"

"对对，应该，应该，连粉条都没有，怎么待客呢！半斤少不少？"

"够了，没几个人呀！"

"好，把钱给我。"

"什么钱？"

"称粉条呀！"

"啊呀，不是给过你钱了吗？"

"那钱，你该是叫我给女婿买见面礼物的！一双洋袜子，一顶制服帽……"

"你身上就再没钱啦？"

"你看这——，你难道不知底吗？"木匠理由十足地反问。

近两年，大木匠自从爱上那些奇怪的铁器以后，他的口袋里就连一角钱也存不住了。桃叶妈发现他是个无底洞，便把家事从他手里要过来，她真是个有十八道锁的铁柜子，大木匠很难从她手里讨到一毛钱。这会儿，她虽知丈夫身上并没余钱，可是她还要唠叨。

"总说是没钱没钱，钱都干了啥啦？"她望着那些铁器，"票子花够一河滩，啥也没置买个啥，就收了那么些破铜烂铁，锄不算锄，镢不是镢！错倒是不错，能割麦，能给苞谷拥土，一个人顶十个人，可是，你摊上本钱搭上工，工分呢？人家挣去啦。年底一算账，你没做下活，比不上我桃叶做的多，就别说比我啦！"

大木匠很有耐心地听着，不搭话。直到她把票子点了三遍，迟迟疑疑地放到他手里，他才勒了勒腰带，挎上一个荆条大篮子，拿起桌上的锁子，预备锁门。

"啊呀呀，谁还偷你那些破烂不成！"

大木匠不搭话，依旧拿着锁子预备锁门。他们夫妇俩，各有自己的禁地。他在桌上找了好久没找到钥匙，没奈何地叹了口气，只好把门虚掩住，回头对桃叶妈说："你看着，不准谁碰我房里的东西！"

他这时的态度是十分严峻的。每当这种时候，桃叶妈是最最懂得丈夫的威风的。母性的温柔、顺从，从她的眼睛和声音里流露出来。她知道，不论别的什么事，大木匠都能依从她；可是她要碰了这些破铜烂铁呀，那就算是在太岁头上去动土啦。要不，她就不算是真正的桃叶妈了。

"走吧，放心走吧！"她亲切地笑着，"早点回来呀！"

2

村巷是静悄悄的，田间是静悄悄的，大路上也是静悄悄的，渺无人踪。人们已经到集市上去了。这时，大木匠才感到时候确已不早，难怪桃叶妈要对他大吼大叫啊！

近一个多月以来，他带领着木工组，在社里赶着做活，一有闲空，就钻到他那间小屋里"伤脑筋"，整整三十多天，哪里也没去过；郊野，在他的眼前，已经换了另一种装束。

是深秋了。田野忽然显得辽阔、开朗。槐、柳、梧桐，闪耀着金色的光彩；火红的柿林，像一片壮丽的晚霞；成排的钻天杨，正在脱着叶子，褐色的杨叶，微微卷曲着，燕子似的，成群地飘飘摇摇，旋转，滑翔；冬小麦已经出土，褐色的渭河原野，一望浅绿；只有棉花秆，还没来得及拔除，大片大片，夹在麦田中间，恰像无边的绿毯上，特意织就的方形花纹。

天空高远净洁，空气里夹杂着新麦苗的青草味。大木匠贪馋地望着这片他生活了四十五年正在改变着旧时面貌的土地，望着这块土地上迷人的秋天景色，这景色在他的心里，引起了富足、憩息和朝气勃勃的印象；虽然，比起别人来他还算贫困，比起别人来他更不愿意休息，可是他的心里，依然充满一种甜滋滋的快乐和旺盛的干劲。 特别是当他望着那一片片未拔除的棉花秆的时候，他把周围的一切全忘了，甚至于，也忘记了他自己。

那些枯黄的棉秆是十分碍眼的，它们牢牢地站在那里，仿佛只是为了霸占着大块土地有意阻碍冬耕似的。 要拔除它们可不容易。 收过棉花的土地是坚硬的，那些粗壮的棉秆都有入土很深的粗根，需要很有力气的手，拿着抬杆，一棵一棵地把它们拔出来，然后才能让土壤翻身晒太阳。 那该多么费工又误时啊！

大木匠正在设计一种简便易行的拔棉秆器械。 这种器械，只要安装在普通的木犁上，就能够一面拔棉秆，一面翻地。 他是个业余的新式农具爱好者和创造者。 从参加农业互助组起，他就开始对这种事情发生兴趣；利用多年当木匠积累起来的知识与经验，加上农具厂制造的新式农具的启发，他设计了几种简便而经济的器具，大部分是旧式农具的改装，或在旧式农具上加一个附件，便可以用来干别的农活，解决劳力不足的困难。 他把这些创造称作"小把戏"。拔棉秆的器械，是他的第六个"小把戏"了。 曾经有些好事的人，把他的"小把戏"寄给农具工厂，农具工厂没有采用；可是他并不泄气。 讽刺和嘲笑的话，他也听了不少，有人说他是想出风头；甚至有人说他是想出个洋玩意，好在政府弄一笔外快；更奇怪的是，他的"小把戏"都在外乡外社兴开了，可是在他自己的社里，却有些人看不起，不采用。

他自然非常恼怒，可是他并没像有人劝他的那样，把这事收拾起来。

每当他看到铁匠给邻村农民打造他发明的"小把戏"，或看到周围农业社用他的"小把戏"在田里干活，他就觉得心里有一股说不出口的快乐的滋味；他往往会站在一旁看半天，比戏迷望着戏台还要迷十分，把身旁的一切事情全忘掉。为这类事，桃叶妈和他翻脸已不知多少回。她变成了个管制他行动的人。他也只得承认她这种新的家庭地位。

他走着，低着头，两手举在胸前，一会儿合拢，一会儿分开，一会儿一手在上一手在下，一会儿一手前推一手后撤，指头弯曲了伸直，又开了又并拢，旋回、倾斜、翻转……随着变幻出奇的手势，一幅耕作图映在他的脑海里：肥壮的大犍牛，曳着木犁，在棉田里走着，犁头入土了，铧上的"小把戏"在棉株枝叶下闪闪发光，好！棉秆被"小把戏"紧紧卡住了，弯下了，压倒了，好！棉秆根轻轻离开土地，被一根铁杆拨到一边了，脚下的土地也在波涛汹涌地翻滚着……他一会儿皱眉，一会儿微笑，口里不住地喃喃念着："五寸五……七分……不，一寸，一寸……"

忽然间，脚下的土地塌陷了，眼前的道路、树木、电线杆，都在疯狂地旋转，他的头不知撞在什么软绵绵的东西上，一只胳膊被压在什么沉重的东西下面。他睁开眼睛向周围看看，发现自己掉在一个大坑里。不知哪个合作社，在路旁挖了一个田间积肥坑，好在坑里只堆着杂草和烂菜、苞谷秆，还没浇上粪水。他的头就栽在苞谷秆上，他的胳膊压在自家的身体下边，大篮子飞滚得丈把远。

"哈哈，把他妈的——"他一边笑骂一边坐起来，扑落了脸上的草根，拍掉身上的菜叶，揉着被压疼了的手腕，嘴里又喃喃地念道，"五寸五，六分？……不，一寸！……"

大木匠踏进集市的当儿，集市正红火到顶点。眼前是一片人的海洋；各种货摊上的白布篷帐，像泊在岸边预备起程的密集的帆桅；堆积如山的绿油油的蔬菜，连绵不断的花布卷，女人们的白色印花头巾，形成一片五彩斑斓的波浪；一片低沉的嗡隆隆的人语，恰像深夜里的涛声。肩膀撞着肩膀，胸脯磨着胸脯，大木匠在人海里游泳。

他本当到京货行的棚巷里去，可是他那双脚，却像那识途的老马，把他载到熟识的街道去了。这是一条黑色和铅灰色的棚巷：铁锅，炉条，勾搭，老镬，铁锨，镰刀，成堆的锄把，水车斗，滚珠，锅驼机上的零件，条播机上的小齿轮，螺丝帽……像无数黑色的波浪，把大木匠卷走。这里，多半是他熟识的面孔，熟悉的声音，人们不断向他打招呼，向他问好，骂娘，善意地开着玩笑。在大木匠的心坎里，这里才是世界上最美好的地方，这里的各种声音，才是人间最悦耳的音乐。

"嘿！王惚游！"是谁唤他这个名字，这名字还是他学徒时，师傅嫌他太爱活动，爱邪想，给他起的绰号。"惚游"是句土话，不稳当不牢靠的意思，就像一张桌子各处都脱了卯的那种样子。 这名字多年不听人叫了，这是谁呢？

"来吧，王惚游，没想到今天会碰到你！"

原来是李栓，多年前的老朋友，学徒时的同伴。 这人早年学木匠没学成，又去学瓦匠也没学成，学铁匠抡了半年大锤不干了，最后去学生意。 出门多年，不知啥时回来了。

"你又回到老本行了吗？"大木匠看他守着一个很大的铁货摊，在那里喝茶，连忙走过去，热情地探问。

"你再细看！"李栓十分惬意地笑着说，"铁匠铺还带卖这个吗？"他指着身旁的条铁棒子。

"噢噢，你干上供销社啦！"

"是呀，是呀，越干越没出息了。 从省城干到集镇上来了！ 要被老伙计们瞧不起啦！"

"哪里话，哪里话！"大木匠并不曾留意李栓的话，只是随口答应着，坐在李栓挪给他的凳子上。 他的眼睛却不离开那些条铁："啊呀，条铁，有了货啦！ 是山西过来的吗？"

"是呀！ 这如今是缺货。 一批、一批，都配给各铁业合作社啦。 这回我硬争着留下一部分，各农业社的买主，也该照顾照顾是不是？ 快得很，摆到这儿，一眨眼工夫，就剩了这几根啦！ 啊哈！ 农业社真不得了，我做了多年生意，也没见过这样大的买主，一来就像抢人似的，连价钱也不问一问！"

"啥价？"

李栓举起一只手，做出一个手势，说："伙计！ 码子上看！"

"如今这类东西，越来越便宜了。"大木匠一边说，一边急急掏出口袋里的钞票，细细点了一遍，仿佛怕别人抢购似的把钱放在货摊上，赶忙说，"够称八斤！"

"你要这干什么？"李栓奇怪地问着，一面称过八斤重的一块铁，放在大木匠面前，收清钞票，口里还啰啰唆唆地说着，"嘻！如今是干公家的事啦，公事不认人；要在以往，别说七斤八斤，就是十斤二十斤，你净拿去好了，老弟还会收你的钱吗？……你大概也是给社里买吧，看你只要这一点分量，你们那社可不怎么富……"

大木匠摇摇头，说："给自家买。"

"你……跳了行啦？"

大木匠笑着，摇摇头。

"噢噢，明白了，明白了，看我这人多粗心，面前就摆着你的新发明，我怎么就一时间忘得干干净。"他说着从摊上拿起一件小巧玲珑、样式新奇的农器，这是刨萝卜用的。"是你造的吧？太好了，太好了！这是我们的热门货。买主抢着要呢。拿这家伙，一个人一天能做二十个人的活。"

"你夸大了一倍，做十个人的活还行！"大木匠一本正经地说，"对买主可不能吹牛撒谎呀，老弟！"

"我说的是突击队，日夜不停地干哪，哈哈……"李栓辩解着，把一杯热茶向大木匠递过来，接着又递来一支"大前门"。

　　大木匠没客气，点起烟来抽着。 多年不见的老朋友，是使人留恋的。

　　看见大木匠这般随便，仍像从前一块铺板上打对脚睡觉时那种小伙伴的亲密的样子，李栓心里很是高兴。

　　"嘿，老伙计！ 你现在可是个了不起的人物哪！"李栓跷起一个大拇指，"大人物哪！ 简直是名扬四海！ 上月初，县上召开供销工作会议，县长在会上讲话，还提到你的名字啦，伙计，可不简单哪！ 说不定哪天，要请你上北京去哩！"

　　"你简直是瞎扯。 这全不过是些小把戏，值得你那么瞎吹！"

　　"信不信由你！ 县长在会上提过你的名字。 提过——"他眨巴着眼睛想了一会儿，补充道，"提过三次！ 对啦，一点儿也不瞎吹，三次！"

　　大木匠笑了笑，不去争辩。

　　"看，你也知道我的话不假。 我想县长一定亲自登门拜访，当面奖励过你吧！"

　　"不夸奖又怎么样呢，伙计！"大木匠说。

　　"嘿！ 不能，那不能！ 万万不能！"李栓严肃地说，"这是对国家的贡献。 我要是能像你，做出这等大的功劳呀，这会儿，也用不着站在这个小集市上，让风耗日晒啦！"停了一下，他关切地问道："你一共造了几种新农具？"

"五件！"大木匠淡淡地回答。

"五件，五件！"李栓的眼睛瞪得有灯泡大，好半天只是轻轻摇头，说不出话来，表示他的惊愕和钦佩有多大，"啊呀，五件，你今天称铁，大概又要造一件吧？"

大木匠点点头："想日鬼一种拔棉花秆的玩意！"

"那么，这就是六件。 六件！ 不简单，不简单。"李栓在自己的赞叹里陶醉了一阵儿，然后神秘地探问道，"你现在一定是个银行的大户头了，啊！"他的眼里流露着羡慕与嫉妒的热烈的光芒。

"什么大户头？"大木匠从来没听过这种字眼。

"大户头嘛，"李栓神秘地说，"就是户头很大呀！"

"什么户头大？"大木匠仍然大瞪眼，不懂李栓的话是啥意思。

"装傻！"李栓心里想，但他仍旧解释了一遍，"就是在你的户头底下，嘿！ 数目字很大，圈圈很长呀！"

大木匠听明白了。 他笑着说："没那回事。 我老婆在社里分回来几个钱，都让我花在这上头啦！"他指着手边的铁棒。

"自然，做啥都得摊本，卖个冰糖葫芦，也少不了摊几块本钱。"李栓同意地说，"你每造成一件，政府给你多少？"

"多少什么？"大木匠奇怪地问。

"奖金呀！"

"没有给过！"

"这么说，是铁业合作社给啰？"

"也没有！"

"嘿！ 老惚游，我又叫起你的绰号了，嘿嘿……咱们是把过一根锯梁的，我不是外人，对不对？"李栓摆出失意的神气，不信任地摇摇头，"我猜想，多了不给，每一件，千儿八百元的奖，总不能再少！"

"真没有，伙计！"大木匠已经很不耐烦了。 这种话他听了不止一次，它像一把尖刀似的插进大木匠的心；又像一个好人，平白无故被别人当作扒手似的。 但是，碍于老朋友的交情，又多年没见过面，大木匠没发作，他忍下了，希望老朋友不再提这种可憎的话。 可是李栓有李栓对人生的看法，他根本不注意大木匠的脸色，也不愿相信大木匠的回答。

"那你赔上工夫又贴上本，可图个啥呢，啊？"李栓诡秘地笑着，心想这一问，大木匠自然无话可说了，他很得意地重复了一遍，"你图个啥？"

"你说呢？"

"我问你！"

"你问得真怪！"大木匠有些忍耐不住了。

"怪？ 哈哈！"李栓胜利地笑着说，"俗话说：将心比，同一理嘛！"

"不对！"大木匠严正地说，"将心比，未必同一理！"

李栓觉得老朋友不肯给他说实话，把他看作陌生人，心里很不高兴："算了，算了，你眼里没我这个老伙计，咱就不说了。……啊！我不过敬重你，随便问一问，倒好像我是要借你偷你似的。"他把嘴角撇了几撇："难道真像你说的，你就不为个啥啥？"

大木匠肺都要气炸了。李栓深深地侮辱了他。他按住自己的怒气，心里想道："对这种人值不得发火！"李栓还在嬉皮笑脸地奚落着，逼问着，时而生气地诡笑，时而不信任地摇头。大木匠微微冷笑着站起来，拿起茶杯，转过身去，在邻近货摊上讨了一杯茶，倾倒在李栓的茶壶里，又把灭掉的半截大前门，装回李栓的烟包去。然后，提起铁棒，说了声："咱们二人两清了！"说完，迈开大步，在李栓呆若木鸡的神情下，扬长离去，直到棚巷尽头转角处，他才听到李栓以十分难为情的腔调大声向邻摊的人们解释说：

"哈哈，王惚游这人，脾气越来越倔！越来越乖张了！"

棚巷尽头，连着街尾，拐过去，是一家铁匠炉，现在是铁业合作社的一个劳动组。从前的张师傅，现在的组长，大木匠的忠实合作者，用微笑和默默的点头，招呼大木匠。他正在铁砧上，敲罢最后一锤，然后把钳口里的一个铁锹头，扔在炉旁。

大木匠走近黑烟弥漫的铁炉旁，向张师傅问道："活忙不忙？"

"不消闲！"张师傅一边拿火锥通炉火，一边望着大木匠手里的条铁，说，"有急事吗？"

"想把除棉花秆的小把戏捻弄出来！"

"研究成啦？"张师傅继续在戳火。

"行了！"

"把图样留下吧，我晚上给你赶一赶。"

"图样没带来！"大木匠摆摆手。

"那怎么办？"张师傅依旧平静地问。

"样子，尺寸，全在我肚里装着哩！我和你一起干！"

张师傅想了一想，点了点炉旁新制成的铁锹数目，又向墙上的水牌望了一眼，回过头来说道："好，说干就干吧！目下正需用这东西，我早晨出街走了一趟，见棉秆还整片整片留在地里。"

他用力拉一拉风箱，炉火正红，便从大木匠手里接过铁棒，平插在炭火里，盖上耐火的土盖子。这一边，大木匠已经剥去套在外面的夹衣，提起一把大锤，掂了掂大锤的分量，面向铁砧，跟另一个工人，站成一个犄角的形势，笑着对那青年工人说：

"伙计，成协着一点噢！"

大风箱沉重地吼着，煤烟、火屑，从船形的铁炉口，向外喷射、飞溅。大木匠的心，也像通红的炉火，熊熊燃烧。火和铁使他迷醉，桃叶妈的事却被他忘却了。

3

桃叶妈铁青着脸，急急向村外走去。 这已是第三趟了。她爬上村外一个低低的小土岗，焦躁地向通往市镇的大路上张望。

太阳已落在村西树林背后。 家家屋顶，乳白色的炊烟冉冉上升。 初来的雁群，在麦田上空盘旋、低飞；河滩里，吆雁人的火枪，不时发出闷雷似的轰隆声。

集市早散了，上集的人都已四散回家。 这时，从市镇那方过来的，是基层供销站的售货员们。 他们，或骑着脚踏车，车后的铁架上，煞着大捆的布匹、毛巾、针织品；或拉着架子车，车上装着油桶、盐箱、糖包、酱菜、肥皂；一辆一辆，一组一组，从土岗旁的大路上走过，回到附近各个基层供销站去了。

"看见我的木匠没有？"桃叶妈笑呵呵地问一个熟识的售货员。

"没有呀，大嫂！ ……怎么，把老汉丢啦？"

"谁知那挨刀鬼钻到哪个黑窟窿去啦！"桃叶妈怨天怨地地骂着。

"别着急呀，大嫂！ 如今这社会，丢个针都能找回来，慢说一个人。 ……你，出个帖子吧！ 上头写明：是男是女，多大年纪，长胡子没长，穿的啥袄啥裤，几时出走，知道下落报信的赏多少，把人送回来赏多少，保你不过三天……"

"这灰孙子倒调笑起老娘来了！ 到底遇见没有？ 没在你货摊上买东西吗？"

"没有！"

货车，一辆一辆、一组一组过去了，大路上静静的，望不见一个北来的人影。

"上辈子作下啥孽了，逢上这么个人！ 不得病也能把人活活地气死！"桃叶妈嘟哝着，下了土岗，朝家里走着。 家里有客，不能把客人撇下不管。 客人——女儿的未婚夫和介绍人——从晌午偏就来了，桃叶脸皮嫩，羞人答答的，当着妈妈的面，在自己家里，在来看未来女婿的好奇的邻居面前，不肯和客多周旋；桃叶妈自己，一个妇人家，丈母娘，有身份的人，也只能说几句客套话，问几句庄稼做得怎样，再就没啥话可说了。 遇到这种时候，家里就少不了个里外应酬的男人，"可是我那个男人啊！ 嗐！ 真得给他走一步出一张帖子！"

"更要紧的，还是礼物。 女婿带来多好的一份礼哟！ 一件玫瑰红底黄花小上衣，一件芭蕉绿浅蓝苜蓿花的斜纹布裤子，一件杏黄色麻纱小衫，墨菊牌长筒丝光袜，蛋青色平绒薄底鞋，红皮金字日记本，绿管银尖小钢笔……这是给女儿的；就是缺一个戒指，一对手镯，唉！ 如今这些东西不时兴了，不送也罢。 一条黑色绉头帕，是给我的，这娃娃心眼倒好，还能记得有这么个丈母娘，桃叶的眼力总算不赖；一双火罐毡窝窝鞋，是给她爸的。 嗯！ 要是我，我就不给他！他操过什么心？ 跑过什么腿？ 去买个东西，这时候不见他回来。 还怕把他那双脚冻坏了？ 冻坏了才好！ 省得他到处胡逛！ 他哪怕一辈子不回来也罢，可是客待不好怎么办？礼物怎么办？ 女婿倒没说起，人家家里有老人呀！ 人家的老人不是要笑话一辈子吗！"

好强好胜的桃叶妈，心里乱鼓样咚咚地想着，一阵儿喜，一阵儿愁，直到自家门口才清醒过来。 她站在门外，略略定一定神，觉得自己的烦躁气消散了，才满面春风地走进院里去。

桃叶的两条辫子一闪，溜进厨房去了。 院子里留下一个二十二三岁的青年，他穿得一身新，新裤、新袄、新衫子、新鞋、新袜、新帽子，连露出口袋的手帕也是头回用。 他那实墩墩的个儿，浅褐色方脸盘，和那一双诚实、勇敢的眼睛，让人一看，就知道是个做事专心的老实疙瘩子。 桃叶妈一进院门，他连忙站起来，脸上堆着笑容，大大方方迎着丈母娘探问的目光。"他倒真大方，好像他是老女婿似的。嘿，如今这个讲自由啊，倒把年轻人的脸皮子磨厚了！"桃叶妈心里这么想着，嘴里却说道："你只管坐着吧，起来干什么？ 跟在自己家里一样哪！ 如今的社会，不比那老封建时候啦，越随便着越好！"

"大婶，我刚才跟桃叶说——"

　　"嗬！ 他也叫起桃叶了，真不觉得口羞！"桃叶妈想着，替他难为情。

　　"我跟桃叶说了，改天我再来看你跟我大叔，现在时间不早了，我要回去啦！"

　　"哟！ 这可使不得！"桃叶妈慌了，"万万使不得，没这号道理，饭没吃就要走！"

　　桃叶在门后送出话来了："人家是青年技术组长哩，晚上，社务委员会要开会，研究冬季大生产，他不能不到场呀！"

　　"组长，组长，谁没见过个组长！ 还没过门，倒把她的毛猴子女婿夸了又夸！"桃叶妈心里这么想，口里却说："说得对！ 可是，时间还早！ 无论如何总得等你大叔回来，他多想见你一面呀，你这么一走，他回来准会不高兴呢！"

　　"他起身得迟吗？"小伙子问。

　　"可不是嘛！ 走时，都半晌午啦！"桃叶妈也由不得想夸一夸自己的大木匠，免得日后这个猴女婿瞧不起，"你是邻村人，你总该知道，你大叔那人哪！ 肚子里有那么些邪门门横道道，平素爱日鬼个机器、新农具什么的，不信你去看，他那间房子摆得满满的！"她用下巴指了指大木匠工作的房子。

　　"我们社都用上他的农具啦！"小伙子表示敬佩地说。

　　"这一个月呀，他疯疯魔魔地钻在房里不出来，说是要造个啥拔棉秆的机器！"

"拔棉秆机器？"小伙子很有兴趣地问。

"是啊！ 听他说，用这机器，一人能顶百十个人做活。"桃叶妈自己也觉得夸了海口。

"啊！ 这么厉害！"小伙子瞪起惊愕的眼睛。

"坐着吧，啊！ 等见过你大叔再走！"不等小伙子再问，她急忙跨进厨房，桃叶正噘着小嘴坐在锅台旁边的凳子上。

"不能让他空着手回去！"妈妈焦急地对女儿说，"去，你去把他留住，别让他走了！"

"我不管！"桃叶不高兴地说。

"哟！ 你不管谁管！"妈妈生气地说，"去吧，他走了我不依你！"

桃叶噘着嘴不吭声。

"快去呀，守在这儿干什么？ 他要是空着手回去——"

"啊呀呀，你真麻烦！"桃叶又是生气又是好笑地说，"你放心，我不说让他走，他不会走的！"

妈妈讥讽地乜视了女儿一眼，没说什么。 总算可以放心了。 接着便淡淡地问道："你们那个介绍人哪儿去了？"

"到我三伯家串门去了。 叫人家一等再等，等得心花缭乱的，坐也不是，立也不是！"

"还不都怪你逢上那么个好老子，啥事靠他全靠不住。 ……"

妈妈又在女儿面前抱怨起大木匠了，她的抱怨一开了头，就没个完。 这期间，介绍人曾转来一趟，看见主家还没动静，知道男掌柜还没回来，便转身又到别的相识家里去闲逛。 桃叶妈给女儿翻大木匠的陈账。 直到屋脊上阳光褪尽，明亮的屋子变得昏暗，她也抱怨得困了，才守着炉灶呆坐着。 屋里院里毫无声息，一片宁静。 忽然一阵熟悉的脚步声，沙啦沙啦，从大门口传来。

"桃叶，快烧火，你爸回来啦！"桃叶妈嗖的一声从炉边站起来，小声咕哝道，"这老不诚实的，到这会儿，才记起有这个家了！"

大木匠出现在厨房门口。 他像一个得胜回营、预备报功的老将军似的满脸笑容。 他那双小眼睛里射出来的光芒，他那稀疏的唇髭，都因为骄傲、喜悦而快乐地颤抖，就连他那满脸的烟屑，也闪着幸福的光辉。

"啊哟！ 我的爷呀，你这是钻到谁家的烟囱去啦！ 像个倒灶鬼的穷铁匠似的！"桃叶妈咋呼着，"桃叶，快给你爸舀盆洗脸水来。"

桃叶端着盆子到锅边舀了水。 大木匠把大篮放在院里，拍拍肩头的灰尘，笑吟吟地走进来。

"篮子放在外面干啥，不快提进来，等着拿滚水泡呢！你不看啥时候了吗？"桃叶妈皱着眉头说。

"泡什么？"

"泡什么！ 粉条子不泡，干吃不成！"

"哎哟——！"木匠眼睛瞪得像个酒盅大，心里想着，

"这可把窝囊事干下了。该怎么说呢？"

桃叶妈也大瞪着双眼，疑惑地望着大木匠："怎么，把粉条忘啦，别的东西，礼物呢？"

"也，也……"大木匠结结巴巴不知该怎么说好，"也没买！"

"那你倒去干了些啥呀？"桃叶妈走到门边，向篮子望了一眼，看见篮里又是一堆"烂铁"，立刻气得软绵绵地一屁股蹲在门槛上："我的天爷爷呀，这该叫人哭还是叫人笑呢！"她真要哭起来了。

桃叶虽也不满意地皱着双眉，但毕竟如今的青年人不同，把这些事情看得轻，她没抱怨爸爸，倒反过来劝妈妈说："妈！礼物，没有就没有嘛！那有啥要紧。他就是啥都不拿来，我决不会不高兴；咱就是啥东西不送他，他也不会见怪的。"

"还是桃叶明白。"大木匠赶忙接口说，"如今这婚事，不比从前，讲三媒六证啦！讲多少布、多少花、多少袁大头啦！现在是男女自……"

"你说这话不嫌臊！"若在平素，桃叶妈早就雷霆大发了。可是今天倒很奇怪，她反而克制住自己，把冲天的怨气放在肚里，打算日后再去发作。

可是不知趣的大木匠，见老婆没有大闹，倒像他是做了啥特别有理的事情似的，高喉咙大嗓地嚷着："什么臊不臊，简直瞎胡扯，如今这自由婚姻——"

桃叶妈低声而焦急地阻止道："啊呀，好我的老祖宗哩，你把嗓门放低些！全不怕那娃娃听了笑话！"

"谁笑话？"

"女婿呀！就在院里坐着呢。"

"啊？"木匠奇怪地大张着眼睛，"我怎么就没见呢！"

"你的眼睛长在脑门上呢，还能看见个谁！"桃叶妈一面挖苦木匠，一面小心地回过头去，望望院里。忽然，她站了起来，一脚踏出门槛："人呢？……啊呀！天哪，他走啦，他走啦！"她失望地大叫。

桃叶急忙走到院里，果然不见她的未婚夫。

"都怪你这老不死的，才做这号荒唐事！"桃叶妈狠狠地瞅了木匠一眼，转脸对桃叶说："到村里去寻一寻，看是在哪个相好的家里没有？"

桃叶出去了，妈妈也跟着奔出去。

木匠不以为然地对着老婆的背影说："啊呀呀，走了也罢！看样子也是个不稀罕的野小子，不说一声就悄悄溜走了！"

桃叶妈消失在大门外，没有搭理他。他撇了撇嘴角，挽起袖子去洗脸，洗罢脸，走到案边坐下，从暖水瓶里倒了一碗开水。在炉火旁烤了一天，没顾上喝一点水，渴得要命，不管烫与不烫，他一边吹，一边喝，喝空一壶水，满足地咂咂嘴唇，向案上看了看，用手抓起一块又薄又软的黄蜡蜡的油饼，三口两口吞了下去。然后走到院里，在大篮旁蹲下，十分惬意地抚摸着他的"第六号小把戏"。

桃叶和妈妈垂头丧气地回来了。妈妈一边走一边埋怨女儿："夸了多大的海口哟!'我不说个走字,他就不敢走!'哼!"

桃叶生气地噘着小嘴,看样子快哭了。

大木匠看见老婆满脸黑云地瞧着他,情知要有一场暴风雨,便赶忙提起大篮,向他工作的房子走去;刚走两步,便大嚷起来:"谁叫你们把我的房门这么敞开着,啊?"

母女二人同时抬起头来,望着那个房间。

大木匠瞪了老婆一眼,气呼呼地走到房里,猛然看见一个人正背对门口蹲在桌边的凳子上,一手拿着曲尺,一手拿着一支自来水笔,笔下摊开一个笔记本,望着桌上的大图纸,自言自语地喃喃着:"五寸五……七分……"

"什么七分? 一寸! 七分根本不行! ……"大木匠粗声粗气地吼叫着,"你是哪村的,怎么钻到我这儿来了?"

小伙子如梦初醒地迷迷糊糊转过头来,望着大木匠,好一会儿才尴尬地说道:"我是桃叶……桃叶的那个……"

"那个! 啥个?"大木匠猜到了,也看清了。

"就是那个……兴娃!"

桃叶妈和桃叶已经跑在房门口。

"噢哟! 老半天你在这儿呀!"桃叶妈又喜又愁。喜的是客人总算没走掉,愁的是刚才她和木匠吵闹的话,叫他听去,该多么糟糕。她急忙试探地问道:"你怎么躲在房里老半天也不开腔哪，我们那么大声说话，你都听不见吗？"

"你们说啥？"小伙子张大眼睛表示遗憾地说，"我看我大叔这个拔棉秆的农器，越看越迷，连我大叔走到身边，我都不知道！"他憨笑着，十分抱歉的样子。

"嗳！"桃叶妈叹了口气。她原本希望他什么也没听见，可是当她听了女婿这一席话之后，又油然生出一种哭笑不得的心事。

大木匠可是另一种样子，他欢喜得要发狂了，也顾不得自己做丈人的身份，拉住兴娃的手，拍拍兴娃的肩膀，跷起一个大拇指，连连赞道："好娃，好娃，我桃叶的眼力可真不错！挑得有主意！"

桃叶得意而含羞地笑着。

妈妈斜了桃叶一眼，仿佛在说："娃呀，你也碰到了这样个宝贝，咱母女两个一样的命，他两个可是一对对！"

"好娃，好娃！"大木匠还在夸女婿。

桃叶依旧得意而含羞地笑着。

看见女儿如此得意，妈妈满意而又讥讽地说："老站在这儿干什么？去，请介绍人回来吃饭！"

桃叶偷偷向兴娃投去多情的一瞥，羞涩地笑了笑，走开了。

1958 年 1 月 6 日于西安

新结识的伙伴

"你是吴淑兰吧？ ……昨天，你一开口发言，我就想：这一定是那个有名的吴淑兰。 ……总说去看你，一直没腾出工夫。 ……啊呀，天，你长得多秀气啊！ ……"

吴淑兰，一个肤色微黑，瓜子形脸庞，约莫二十七八岁的农家妇女，站在路边的田塍上，穿一件合体的阴丹士林小衫，黑市布裤子，嘴角挂着宁静而好奇的笑容，望着对她说话的人。 身后，是碧绿如海的棉田和明朗的天空。

对她说话的，是一个同她一般年纪，但外表看来比她显老的女人；中等身材，圆肩头，红喷喷的脸，翘起的上唇；眉里眼里露出的神气，表明她是个泼辣、大胆和赤诚的女人。 吴淑兰望着她，眼睛在问着："这是谁呀？"

"我是张腊月。"那个勇敢的女人自豪地说，"闯将张腊月。 听说过吧？"

"知道，知道！"举止文静的吴淑兰，被"张腊月"这个她曾说起过多少次的名字，被眼前看到的这个真实的女人，以及她那赤裸裸的对人的态度所感染，也情不自禁地活泼起来。她急忙握着张腊月的粗壮的手，说道："听乡长说，你也来开会，……前天，投我到乡里，乡里人说，你已经起身了。……"

"我是个火炮性子，一点就响，不爱磨蹭。"张腊月高喉咙大嗓子说，"头回生，二回熟，今天见了面，就是亲姐妹啦。……我都打问过了，咱俩同岁，都是属羊的，对吧？"

"对！"吴淑兰笑着回答。

"啊！你看，多巧啊！"

张腊月望着吴淑兰，不服气地说道："啊！几天来，我一直在想：那个吴淑兰啊！一定有三个头，六个膀，……一定比我高，比我壮，……人家说你长得比我秀，我就不信，……想不到，你这个俏娘儿们，竟然同我作起对来了！"

淑兰笑着说道："张姐，你也很俏啊！"

"我？俏？"张腊月快活地挤挤眼，一本正经地说，"听我妈说，我刚生下来的时候倒很俏，俏得连哭出来的声音，她也听不见。……后来，给赵百万家当了几年粗丫头，……结婚以后，又一直跟我那死鬼男人牵牛、跟车，慢慢变得不俏啰。"说着，她一把将衣袖捋到齐肩胛处，露出粗粗的黑褐色的胳膊，伸到淑兰面前，自我打趣地说，"你看这多俏？"

淑兰急忙按住她的胳膊，说："快把袖子拉下来吧。那边有人看咱们哪！"

20 世纪 60 年代写作照

部分创作剧本

欲学作文
先学作人

欲作文学家
先作思想家

西安中学四七亭文学社成立纪念
八五年十月
王汶石

书籍乃火炬
知识即光明

首届图书博览会开幕纪念
九五年拾月
王汶石书

20世纪90年代,在自家书房

1960年7月,在北京参加全国第三次文代会(前排左一为王汶石)

全国第三次文代会期间,与李準(左一)、柳青(右二)、杜鹏程(右一)在一起

1960 年 8 月，随中国作家代表团赴苏联访问，出席苏联作家协会座谈会

1962 年初，随中国作家代表团赴开罗参加第二届亚非作家会议

王汶石与妻子

王汶石与孙女

　　腊月急忙理好袖子，同时向另一边的田塍望了一眼，回过头来，耸一耸鼻梁，悄声说道："我才不怕他们哪！"

　　"你真行！"吴淑兰赞叹着说。

　　"从土改到现在，我已经闯惯了！"张腊月得意地说，"你看来还很嫩，头一回抛头露面吧？"

　　吴淑兰点点头。

　　"入党了没有？"张腊月关心地问。

　　"还没有！"淑兰羞赧地回答。

　　"哟！　你怎么能不入党！"张腊月瞪着惊奇的眼睛，"快申请吧，啊！　快申请吧！　唉你——！"

　　"已经申请了！"

　　"那就好——，你男人该不拉后腿吧？　……从前，他们都说女人拉男人后腿；现在，倒过来了，有些男人，拉起女人的后腿啦。　……你男人是个啥样人？"

　　淑兰答道："是党员！"

　　"那更好！"张腊月庄重地说，"不过，拉自己老婆后腿的党员也有的是呢。　我那个死鬼，就是这路货。　……可是呢，他到底被我教育过来啦！　……对自己的男人，要经常教育呢，免得他们绊手绊脚！"

　　"我那位……倒是常常教育我呢！"淑兰温顺而坦率地说。

　　"怎么？　你拉过人家的脚后跟？"腊月带笑地质问。

　　"那倒没有！"淑兰回答。

腊月凝望着淑兰，想了一想，意味深长地笑道："我看出来啦！ 你一定是人家说的那种：好女人！"

吴淑兰抿着小小的美丽的嘴，文静地笑着，热情地望着像狮子一般泼辣的张腊月，默认了张腊月的说法。

吴淑兰真是个"好女人"，从小，她的寡居的母亲，对她管束得严厉。 快出嫁时，妈妈又对她说："到别人家里，比不得娘面前。 ……遇事，要检点。 ……记住娘平日的话，要当个好媳妇。"淑兰回答道："娘，我记着你的话！"

"好媳妇！"村里人谁不这么夸奖。

"好媳妇！"夫家的亲戚谁不这么传颂。

"好媳妇！"丈夫的朋友谁不这么赞叹。

可是她的丈夫，听到这种赞叹，只是笑一笑，不说什么话。 他是一个共产党员，基层干部，他把照顾家庭的时间，全部用到工作上去。 和别的干部家属不同，吴淑兰从来没抱怨过，自始至终，总是带着她那永不失去的宁静的微笑，担负起一切烦琐的事务：抚育孩子，孝敬公婆，缝缝补补，锄地，割草，喂牲口……

有时，丈夫对她说："今晚开群众会，你去参加吧！"她对他笑笑，不说什么，依然坐在灯下，依然拿起针线来。

过不久，丈夫又对她说："明天党支书作报告，你去听听吧！"她对他笑笑，不说什么，第二天，照常托着洗衣篮子，照常到井边去了。

不久，丈夫又对她说道："村里要办个妇女学习组，你也去报名吧!"她对他笑笑,不说什么,仍旧低着头,仍旧去做自己早已安排好的,三百六十天每天该做的事。

丈夫说的回数多了,有时还流露着责备和不满,她便张大疑惑不解的、惊愕的眼睛望着他,温和而小声地说:"这不就很好吗?"

丈夫望着她,摇头、皱眉、叹气。……

村里办了社,吴淑兰和妇女们一起下地。她无论做什么都实心实意,干起活来,哪一个妇女也比不上她;她无论对谁都实心实意,哪一个妇女也都喜欢她。半年,她被选做副队长了。她既不特别欢喜,也不推托,仍然像个"好媳妇"的样子,承担新的事务。每次社、队开会,她既不缺席迟到,也不发言,总是拿着针线活计,坐在会场一角,静静地笑着,听着人们的争论;散会了,她便回家去,既不早退,也不多停留。……

去冬,"大跃进"开始了,人们的生活,像旋风一般热烈紧张了,吴淑兰在不知不觉中,也被卷了进去。她参加干部学习班,又参加妇女学习组,上党课也每次都去听了;她守在家的时候少了;她说话的时候多了;她开始在稠人广众中同人争辩;有人对她不满,她开始有了"敌人"了;她的眼睛里有了奇异的光彩;她的嘴角泛起了新奇的笑容;她的丈夫时常以询问的目光望着她:她变了!她也觉得自己变了,但究竟是哪一天变的,她却说不上来。

这时,"闯将"张腊月的名字传遍了全乡。她领导的妇女生产队，在打井，挖渠，积肥，翻地……每一次竞赛中，都牢牢地把红旗抓在自己手里。许多挑战书飞向张腊月，可是蛮勇无比的张腊月，一次也没让对手压倒。

还在半个月前，张腊月隐隐听说，南二社有个叫吴淑兰的妇女队长，在不声不吭地跟她暗赛；又说，吴淑兰队每个人的农具上，都贴着一张"赛倒张腊月"的小纸条。果然，不到十天，在乡的评比会上，吴淑兰的队员们，意气昂扬地把红旗扛走了。那天张腊月因事没去参加会，下午，她看见队员挟着一面黄旗跑回来，怒冲冲地喊道："你们这伙吃冤枉的，怎么掂回来个这！……咱那面红旗呢？""叫吴淑兰掂走啦！"队员们低着头说。"哪个吴淑兰？敢情是有三头六臂？""比你秀气、好看多啦！""我倒要看看这个吴淑兰，究竟比我好看多少？……"

凑巧，县上在东乡组织一次棉田管理现场会议，乡党委派她们两人来参加，她们就在这里结识了。

一见面，腊月就爱上了吴淑兰。

"不要高兴得太早了！你这个好女人哟！……"张腊月望着凝重含笑的吴淑兰，快活地说，"有张腊月摽着你干，你想喘口气也办不到！……呃？不信？来试试吧！"说着，她举起手来在吴淑兰的肩上重重地捶着。

吴淑兰笑着躲开她。

这时，有个穿夏威夷府绸衫的男子喊道："大家注意！现在去村北，看一块老婆婆们的试验田。大家走在一起，不要落远了！"

"走吧，好女人！"张腊月拉着吴淑兰的手，跨上大路，两个人亲亲热热地并肩走着。 走在她们前后左右的一群男女，都以好奇和尊敬的目光，望着她们俩。

当天夜里，开完小组讨论会，吴淑兰回到自己的住处，房东家的小姑娘，已经给她点亮了煤油灯，热情地等待着她。 吴淑兰一边同姑娘闲话，一边望着这间陌生而亲切的房子，心里充满了新奇、喜悦的感觉。 她忽然想到她的丈夫，他常常出门去开会，去参观，住在陌生人的房里；如今她也亲身经验着这种生活，住在素不相识的人的家里，大家却像老邻居老朋友似的亲热。"啊，原来他在门外的生活就是这样。 多有意思呀！"吴淑兰愉快地想。

张腊月挟着个铺盖卷闯进来了："我给杨科长说了，咱俩住在一起。 你这里住得下吗？ 你同谁在这里住？"

"跟这个小妹妹！"吴淑兰热情欢迎张腊月，从腊月手里接过铺盖卷。

张腊月笑哈哈地说："小妹妹，咱们挤一挤行吗？"

"欢迎！"姑娘高兴地说。

张腊月装出很认真的态度说："我得向你说明白了：我这人，睡觉可不老实，伸胳膊蹬腿的，什么全来，你可得留神！"

"我不怕！"姑娘笑着说，"我给你预备根棍子！"

"行！"张腊月笑着，一屁股坐在炕沿上，搂着吴淑兰的脖子，滔滔不绝地说道，"吴姐，咱们俩交个好朋友吧。 从前呀，男儿志在四方，五湖四海交朋友；如今，咱们女人也志在四方啦，咱们也是朋友遍天下。 吴姐，你说说，多有味儿！"

吴淑兰满心欢喜，却不知说什么好。 她急忙动手铺起床铺来。 尽管，她的外表仍是那么平静，她的内心却被某种从未经验过的情绪所激动，她不住地用快乐的目光，瞧着她身边这个出奇的女人，这女人，在短短的半天时间里，就同她打得火热，她觉得，她再也离不开这个新结识的伙伴了。

第二天午后，两个新结识的伙伴，肩靠肩地踏上回家的大路。 她们每人的肩头，都挂着一个用布包裹的铺盖卷，胸前挂着装干粮的旅行袋和喝水用的搪瓷杯。 她们的鬓发和肩头上，落了一层细微的黄尘；鞋袜和裤脚变成了土黄色。 她们一边匆匆赶路，一边热烈地讨论如何赶过东乡，一边又不住地向天顶和四周张望。

旷野里，这儿那儿，风儿卷扬着黄尘，忽隐忽起，互相追逐；天空，聚满了灰突突的雨云；一块块深灰色的云，在低空向西飞奔，它们飞得那么低，仿佛一举手就能捉住一块似的。

"张姐，咱得放快些走。"吴淑兰仰望着天空，焦急地说道，"看这老天毛毛躁躁，一派不干好事的样子！"

"啊呀呀，不怕的！"张腊月毫不在乎地大声嚷嚷着，"要下就让它下大些吧！"

　　吴淑兰笑道:"啊呀,张姐! 你快到家了;可我,还有十多里路呢! 天也不早了,这阵儿,日头怕快要落了!"

　　"你又来了!"张腊月不满地说,"给你说了多回啦! ……今天,你务必要到我家去。 ……你要不依我,就不够朋友啦。"

　　她说最后一句话时,故意用着男子们的语调。

　　"那也得走快些,免得挨雨浇啊!"

　　"这倒还像句知己话。"张腊月高兴地说,同时加快了脚步。 在她们的身后,黄尘从她们的脚底飞扬起来。

　　昨天晚上,她俩挤在一个坑上,亲亲热热地说东道西:男人啊,女人啊,孩子啊,社里的小工厂啊,缝纫部啊,互相交流经验互相学习啊,各自的计划啊,目标啊……一直到鸡叫二遍还不想睡。 吴淑兰比张腊月更激动,她从来也没说过那么多的话,把她从前说的话加在一起,也没昨晚说得多。 谈话中,张腊月要吴淑兰到自己家里去做客,淑兰满心欢喜地答应了;可是,今早醒来,她又变了卦,急着想回到社里去,为了这,张腊月跟她斗争了一路。

　　天空越来越昏暗,不久,风静了,云儿凝结在天空动也不动;一忽儿,大路上出现了斑斑点点的麻坑,路旁,辽阔幽深的棉田里,送出嘭嘭的声音。

　　"哟! 这鬼天,真同老娘作起对来了!"张腊月大声嚷着,仿佛怕老天听不见她的话似的。

　　两个女人停下来,拍拍衣服上的尘土,用毛巾包好头发，更快地向前面的村庄奔去。村庄已不远，巷口的鸡群已能模模糊糊看见；村外，墨绿的树丛中，青年突击队的红旗，依旧那般鲜艳。

当她们奔进村庄时，肩头已被雨水打湿，道路也开始变得泥泞了。

张腊月牵着吴淑兰的手，走进一个刺槐遮掩的小土门里；未到门口，她就大声向屋里喊道："妈呀！快来迎客人吧，有贵客来了！"

首先跑出来的，是几个孩子，他们争着抢着扑在张腊月的腿上。张腊月双手托着一个最小的女孩的脸颊，狠狠亲了一下，然后对孩子们挥挥手，说道："滚，滚，滚，都给我回去，这么大的雨，跑到露天来干什么！"

张腊月的婆婆从房里走出来，眯着皱纹纵横的眼睑，满面慈祥地望着来人，说道："这么大的雨，也该在哪里避一避啊！看淋成啥啦，快进来！"

回到房里，放下行李，腊月指着淑兰对婆婆说道："妈！这是我新交结的好伙伴，你猜她是谁？"

老婆婆走近几步，仔细看看淑兰，笑着说："你的同志伙伴那么多，我哪能全记住呀！"

"我最近常常说起她哪！她是南二社的。"

老婆婆想了想，忽然喜悦地说："哦，猜到了！莫非是吴淑兰？"

"老婶婶，你猜对了。"淑兰笑着说。

老人笑道："你跟我们腊月交朋友，可得小心。 她呀，可把你恨死啦！"说罢，她摸摸揣揣烧茶去了。

"我也会'恨'哪，老婶婶！"淑兰愉快地回答。 说罢望望腊月，腊月正在找寻干衣服，向她扮着鬼脸。

这时，一个大个子，宽眉头，举止沉着的，三十多岁的男人，揭掉头上的大草帽，跨进门里来。 吴淑兰曾经在乡上见过他，却没想到他就是张腊月的丈夫。 他一看吴淑兰就说："我远远看见腊月相跟着一个人，就猜想一定是你，你到我们这儿来可好！ 我们这儿的人，都想亲眼看看，是怎样个人把我们南四社打倒了！"

"少废话！"张腊月说，"看人淋得这么湿，不说先拢一盆火来，让人烤烤衣服。"

"对对，我马上去！"

吴淑兰惊讶地望着张腊月，张腊月向她挤挤眼，好像在说，我们家就是这样，你看他多听话啊！ 不一会儿，男人端着一盆旺火来了，他一边用铁筷子把火架好，一边跟吴淑兰谈话。

张腊月一边给淑兰送来一件干衫子，一边态度严正地对丈夫说："你说奇怪不，像吴姐这样个人儿，却还没有入党。 你们乡党委是怎么搞的？ 就没注意到吗？"

"你别太主观！"男人说，"昨天晚上，党委开会，刚研究过淑兰同志的申请。 怎么能说乡党委不注意呢！"

"你找到介绍人没有？"张腊月问吴淑兰，不等淑兰答复，她又热情地向自己的丈夫说："咱们俩来当介绍人吧。 ……淑兰同志，你说好吗？"

"好啊！"淑兰高兴地说。

腊月的丈夫说道："介绍淑兰这样的同志入党，实在是件顶光荣的事。 可是，咱俩不行，得有南二社一个同志介绍才好。 他们对淑兰同志更了解。"

"你总是这个老保守的样子！"张腊月指摘道，"难道你不了解？ 把你们社的红旗都抢走了，你还说不了解！"

淑兰不懂得党内的生活，无法插话，只是默默地微笑着听他们两人的争论。 腊月的男人，还想解释，腊月打断了他说道：

"算了吧！ 我知道一时也把你说不转，回头咱再辩。 你先出去，我们要换衣服。"

男人笑了笑站起来，临出门，又停下来对腊月说道："你们队里那一伙二百五妇女，正在银娃家开会，她们来看过你几回——"

"知道了。"腊月说，"是我今早晨给她们捎了话的，要请淑兰同志传授经验！"

"这就是了。"男人说罢，放下门帘走掉了。

腊月换了件衣服，对淑兰说："你先歇歇，到炕上去躺一躺，我出去一忽儿就回来。"

"你只管忙吧！"淑兰说。

张腊月一转身就出去了。 婆婆在厨房唤道："不要耽久了。 早些回来吃饭!"

"知道了!"腊月的声音从大门外传来。

老婆婆端来茶水,口里不住地称赞吴淑兰,称赞着年富力强的一代妇女:"你们如今多畅快啊,走州走县,到处交结朋友,有些没出息的男人还赶不上哪!"最后,又夸起她的儿媳妇张腊月来了:"三五个平常男人,还抵不上我那腊月一个。 ……别看她张张慌慌,她就是那样个'呼啦嗨',心眼可厚实哪! ……邻家都说,她不像我个媳妇,倒像我个闺女。"

淑兰笑着说道:"我一进门就看出来啦,你们一家人真好!"

老婆婆又去厨房里做饭。 淑兰烤干了衣服,换在身上,把腊月给她的衣衫,细心叠好,小心地放在箱盖上,撩起帘子来,望着门外的天空,天空暗下来,雨,依旧顺瓦沟流着。 她不由得焦急起来。 她本是来顺路参观张腊月的棉田,和张腊月小组的人见面,学习她们的经验的,要是当天晚上回去多好,还能召集个队员会,把在东乡和在张腊月这儿学来的经验立刻传播出去。 现在不行了,雨越下越大,还不见张腊月转来,急得她在房里团团转,无意间,她看到箱盖上一件东西,好像是面旗。 她立即走过去,揭开来看,果然是那面黄旗,上面有"中游"二字。 这面旗她很熟悉,曾经在她的社里挂过好久,她费了九牛二虎的力气,才把它换给张腊月。 她隔着窗子向老婆婆问道:"大婶呀,这面旗怎么放在这儿，不挂到队委办公室去呢？"

老婆婆笑着故意说道："腊月不让挂，她说呀，这不是咱的旗，咱只替人保管一天半个月就还给人家了，挂它干什么？"

"哦，这样啊——！"淑兰把旗叠好，放回原处，快活地笑道，"这个张姐呀，想了个美，她想还给谁啊！"说着，她不由得走出房子，站在廊下，通过敞开的大门，向野外望去，野外是一片迷迷蒙蒙的灰蓝色。"啊！多讨厌的天气！"她又转回屋子来，她的心，也全被风雨填满。她重新包好自己的行李，绑好鞋带。

这时，张腊月回来了。一群妇女跟在她的身后，跑来看吴淑兰。屋里顿时热闹起来。张腊月吵着嫌屋里暗，点亮了灯，一个一个给吴淑兰作了介绍。别看腊月是个"呼啦嗨"，她可心细呢，她一看见淑兰那重新收拾打扮过的样子和眉宇间的气色，就知道淑兰待在这里，心里发急。她舍不得淑兰离开，便宣布道："今天吴淑兰同志到我们这儿来，是我们向淑兰同志学习的好机会。大家认识认识，听淑兰同志作报告介绍经验，谁也不谈竞赛一类的事。好不好？"大家说："好！"

吴淑兰见推辞不得，便提议开个交流会，大家都谈，腊月接受了。这个植棉经验交流会开得很热乎。最后，淑兰向腊月斜了一眼，转了个弯向大家问道："你们有啥紧急事情呀？张腊月大姐刚一到家就叫她开会！"

一个毛头毛脑的女孩子抢着答道:"淑兰大姐,我们研究怎个赶超你哩!"

"哦! 研究的结果怎样啊?"淑兰很有兴趣地问那小女子,"欢迎你们超过我。"

旁边人直向女孩子挤眼,腊月也向女孩子吼叫起来,可是那女孩子管束不住激动的情绪,像打机枪似的:"淑兰大姐,你夺走了我们的红旗,给我们换来那么个烂黄货,我们大伙都觉得是我们自己不争气,我们要好好向你学习,赶超你,……我们的口号是:马踏南二社,捎带刘杨村;收回大红旗,永远扎住根!"

"哎哟! 想要马踏我们哪!"淑兰笑着说。

"可不是!"

"怕踏不成吧?"

"试试哩!"女孩倔强地说。

"一定要踏?"

"一定要踏!"

"不踏不行?"

"不行!"

"好,欢迎你来踏一踏试试! 非叫你连人带马投降不可!"吴淑兰一边说,一边笑着站起来,在她那外表娴静的眼神里,露出坚定和刚强的颜色来。

张腊月笑着嚷道:"不许谈不许谈,又谈起这些事情了! 就不知道让吴姐歇一歇,吴姐今天是来做客的呀!"

"我已经歇好了！"淑兰笑着说，同时她指着箱盖上的旗子，问道，"张姐，你怎么把旗放在这儿呀？"

腊月顺口答道："打算归还给人家哩！"

淑兰道："还给谁？"

腊月发现自己也陷进争论里，停顿了一忽儿，呵呵笑道："嗨，吴姐啊，你想，再能还给谁呢？ 难道我能要个黑旗不成！"

淑兰笑着说："这么说，你还是把这面旗挂起来吧！ 咱俩是好朋友，我的心，你知道。 我绝对不跟你换！"

"由不得你啊！"腊月说。

"不由我由谁？"淑兰自豪地说。

"你把我们这一堆人忘了！"腊月也很自负地说。

吴淑兰拿起自己的行李，笑着回答道："张姐，你们要怎样想由你们想，我还得回去问问我那些女将愿意不愿意哩。"

吴淑兰的心，被革命竞赛的热情燃烧着，早已飞回她的队员中去，飞到田野里去了。 无论张腊月和她的队员们怎样苦苦劝留，说什么也留不住。

最后，张腊月无可奈何地笑骂道："我现在才认识你，你是个顶坏顶坏的女人啊！"她们两人，虽说只相处了一天，可是她们的友情是那么诚挚深厚。 淑兰要走，是情理中事，她要争取这个风雨的夜晚，白白耽误一晚的时间，是难以弥补的。 张腊月懂得这一点，要不，她们就不会交结成这样要好的朋友。临了，她只得说："好吧！天已黑下来了，路上又泥得不好走！秀英，跟我去送吴姐一程！"吴淑兰推也推不掉。

腊月的婆婆在邻居家借来几把伞，又拿来一盏小马灯，预备腊月她们回来的路上用。

村外，宽阔的旷野稍稍明亮些；但周围的村庄，都已隐没在风雨苍茫的暮色里；田间，这里那里，还有生产队在冒雨干活。

三个新结识的伙伴，撑着雨伞，互相扶持着，在泥泞的乡间道路上跌跌滑滑地前行，一边继续着刚才的争论。热烈响亮的声音，飘向四野，压住了充满天地间的风声和雨声。

"张姐，到你的棉花地去看看吧！"吴淑兰说，"来一趟可不容易。"

"啊呀！那可要绕一大段路哩！"腊月说。

"绕一段路有啥要紧！"淑兰坚定地说。

"那行！正要请你指点指点！"张腊月干脆地说，"朝西拐吧。秀英，你在前头领路！"

三个人，离开大路，一溜行，踏上窄窄的田埂，说说笑笑，向张腊月的棉花"卫星"田走去……

1958 年 9 月 10 日

1

一条宽宽的机耕路，从渭河滩里爬上来，经过大陈村与小陈村之间，在两行密密排列的白杨树甬道里，照直向南，伸向远远的地方。

大道两旁，是大片大片干旱的棉花、玉米和正在深犁的麦田。转到西边去的太阳，依旧晒得很起劲，连生性活泼的小杨叶，也静悄悄懒洋洋地垂挂下来。

这时刻，在大道西边一片苜蓿地里，有一个强壮的小伙子，一位受了点批评的生产大队副队长，好像故意跟太阳作对似的，脱了个光脊梁，穿个半截裤，赤着脚，光着头，在那儿割苜蓿。他那满是汗水的、被太阳烤焦了的脊背，随着两膀的动作，闪着油黑油黑的亮光。他仿佛在跟什么人赌气，一声不响，抢一把明晃晃的大草镰（另一把别在后腰），发疯地干呀干着。他每回割到头，才展起腰杆，走到地边去。那儿有一棵枝叶浓密的林檎树，树下有一只长条木凳，一块磨石，一个能盛半桶水的大瓦罐。他端起罐子来，咕嘟咕嘟灌饱一肚子水，满足地擦擦嘴唇，然后骑到条凳上磨镰刀。 他磨呀磨着镰刀，凝望着被他刈出的大片空地和倒在地上的苜蓿，不禁咧开嘴微微笑着，他不时向大道上瞥一眼，仿佛想找个过路人夸耀一番似的。 叫人不称心的是，从鸡叫干到日偏西，却没有人在林檎树下歇歇脚。 大旱期间，人都忙啊！

忙里偷闲的人毕竟有，林檎树下终于来了个人。 这个人，三十二三岁年纪，大头大耳，骨骼结实，眉眼伶俐，动作灵活，却处处显出一种漠不关心和懒洋洋的样子，眉里眼里，流露着一股超然的讥笑的神气。 他穿一身破旧的单衣，不知在哪儿擦上了一些机油，又落上一层大道上的尘土，弄得十分肮脏。 他就是七小队有名的单身汉陈运来。 他从小丧失父母，漂泊在外，二十七岁回来。 此人本质不坏，就是有些懒散习气，村人厌恶他，有些干部也见不得他，大家把他叫作逛鬼。 经过这些年的教育，他虽然有很大转变，但散漫习气还没完全根除，最害怕紧张，有时，不高兴出工便不出工了。 近几年，副队长囤儿把他抓得紧，他干得蛮不错；最近几天，囤儿撂挑子，队上纪律松了，这倒最合他的脾气，他便又闲荡了起来。 加上他总觉得人家看不起他，也就有些自暴自弃。 要在不久以前，他只要远远瞧见副大队长，紧溜慢躲还嫌躲不及呢，现在他却居然大刺刺地八叉开腿，在副大队长旁边的一堆苜蓿上躺下来，像观赏一头吃了鳖的狗熊一样，挤眉眨眼地瞧着他。

"啊呀呀，啊！ 囤儿，老弟，你呀！"运来瞧着副大队长囤儿，故作惊讶地喊道，"你呀，抢我们社员们的工分，还是怎么的？……你看看，看看呀，多狠！半天工夫割了这么一大片，足足四个人的工分，叫你一人抢走啦！啊呀呀，不含糊，你是个毒虫，干起活来真真正正的是条毒虫，没一点点说的！"

叫作囤儿的小伙子，咧开嘴巴怪笑着，沙沙沙磨着镰刀。

"这不成，我要给小队长提意见。"运来尖声说着，"你就把我叫哥也不成！你这个干法，到年根底一结账，全成你的啦，我们喝西北风吗？！永远穿着烂裤子吗？！啊哈！"

囤儿笑着说："我叫你们看看，啥叫个干活儿；叫你们瞧瞧我要当起社员来是个啥样儿的社员。"

"不成，老弟，为人要有良心，要顾到你的左右邻家才对！"运来摇摇聪明的大脑袋，眯缝起一只眼睛，一浪淌说下去，"你想得太美了，老弟。可是有我在七小队，你就办不到，我可不是那号瓷锤，我不能让人家来抢我的工分，抢我的裤子。我一定要提意见，把你调到别的队去。七队又穷又可怜，你还来吃我们的可怜了，啊？"

囤儿骄傲地嘿嘿嘿地笑了好久，忽然停下手里的工作，脸色严厉地盯住运来；那运来正半闭着眼睛，摊开四肢，舒舒服服躺在苜蓿堆上，头下枕着囤儿的长裤和小衫子，卷得很好，不高不低。"这家伙可真会享福，真是名不虚传。"囤儿想着。这阵儿，大概河边吹来的凉风，正抚摸着运来的全身吧，你看他像老秀才吟诗似的，摇头晃脑，优哉游哉地反复念道："这不成啊，好老弟，你想得太美气了，太如意了，嗯，想得太嬺啦，嬺过头了，你呀，老弟——"

"起来！"一声炸雷从囤儿的喉头响起来，"滚！"

正在舒服凉爽的运来，嗖地从苜蓿堆上蹦起来，睁大了惊慌的眼睛，望着囤儿手里明晃晃的镰刀。当了两年队干部的小伙子，虽然从来没动过谁一指头，可是逛鬼运来，却一向害怕这个翻地淘井像牤牛似的囤儿："你拿镰刀干什么？"他颤颤嗦嗦地说，好像囤儿要向他头上动镰刀似的。

"为啥不去干活！你怎么敢逛荡到我这儿？"囤儿严厉地问。

"你，你把手里的家伙先放下，放下，你不放下，我就要喊人了。"运来瘫坐在地下，一边死盯住囤儿的一双手，一边慌慌张张手脚和屁股并用着往后挪，一直挪到树脚下，蓦地翻身爬起来，撒开腿就想跑。

"回来！"囤儿喊道，"跑什么？我吃不了你！"

运来慢慢站住了，却仍旧盯着囤儿的手，说："你把家伙搁下，搁下，你不搁下我不到你跟前去。"

囤儿又气又好笑地骂道："你这个鬼，倒好像我要割你的头、开你的膛似的。你不知道我一直是在磨镰吗？"不过，他想起刚才自己过于严厉，过于声粗，很是懊悔，便放低嗓门，和颜悦色地说："我是问你，为啥没出工，到处游荡？……来来来，坐下来，渴了的话，罐子里有水。……

衣服包包里有烟。"

运来放了心，恢复了旧态，又大剌剌地就苜蓿堆坐下来；不过，他这回没躺下，又稍微坐得远一些；他觉得囤儿口气软了，于是他的态度倒反而硬了。

"你不能像刚才那样对待我。"他振振有词地说，"咱这新社会可不兴这个，你是干部，对社员群众应该和蔼，见人不笑不说话才对；可是你，哼！ ……何况你又刚刚挨了批评，作了检讨。"

囤儿克制着自己，笑着问："妈的！ 批评检讨又怎么样呢？"

"怎么样，哼！"运来越说越得意，"照我说，你呀，不彻底！ 对了，不彻底，就像你刚才对我那个架势——"

囤儿又气又好笑地说："鬼哟！ 我磨我的镰，难道跟你这个贵人说话，我还得把工作丢下不成。 我可不愿意向你这个懒鬼学！"

"看看看，你叫我懒鬼。"运来一边抖搂囤儿的衫子，翻出烟包来，点上烟，一边强硬地说，"社员叫我逛鬼，你也跟着叫我懒鬼，好嘛！ 说你不彻底，你还不服。 ……我早就说过，这回批评干部，重头儿让陈大年扛上了，你只挨了个边边，这可不公；照我心里想，应该把重头给你搁上，……叫你检讨个不过关才对。 哼，便宜了你！ ……你还这样对待我，叫我懒鬼，行！"他说着扬起下巴，向空中喷出一股烟，斜起眼睛，嘲弄地乜视着囤儿。

"好吧，算你不是懒鬼，"囤儿说，"只要你能回明我的话，给你摘帽子。"

运来冷笑着说："啊！ 哈哈，你怯了，想给我卸帽子了？ 不行，没那么容易，想戴就戴，想卸就卸，全都由了你？"

"噢嗬！ 这还把天大的乱子捅下啦？"囤儿反问道，"我问你，为啥不干活，在这儿闲荡！"

运来大模大样地扬着下巴，冷冷地说："这嘛，去问小队长，让他给你说。 你问不着我了。 你和我中间还隔着一层呢！"

囤儿可真被这懒东西激怒了："什么？ 嗯？ 再说一遍！"

运来警惕地动了一下身子，瞅住囤儿，斗着胆子说："我说囤儿呀，你问不着我！ 这是小队长的事，权力在他手上。 听明白我的意思吗？"

囤儿懂了运来的意思，他沉默了一会儿，叹了口气，冷笑着说："唉，好嘛好嘛好嘛！ 哪怕你一年四季，睡十二个月大头觉呢，与我啥相干！ 凭我这二十四岁的小伙子，啥不能干！ 你们瞪起眼珠子瞧着吧，瞧着吧！"

他霍地从木凳上站起来，半牢骚半嘲笑地说："老哥，好好躺着吧，要是这儿阴凉移过去了，你就朝东边挪挪，可别把你老哥晒着了。 歇够了，再上别处去逛逛。"

运来笑道："啊哈！ 兄弟，你熊了啊！ 你头上那顶热火朝天的帽子飞了，你那些大战呀、改变呀，哪儿去了？ 你有什么心事呢？ 嗯哼！"

囤儿矜持地笑着，紧紧腰带，望望西偏的太阳，说："心事？ 心事就是干活！ 白天干活，晚上抱着老婆睡，假日嘛，腰里别上人民币去看戏……"他说着，迈开脚步朝田里走去。 这当儿，从南边开来一辆拖拉机，滚滚黄尘从白杨甬道里升起，黄尘越来越近，一忽儿，突突突的马达声忽然在近处停止，一部火红的大型拖拉机，在林檎树旁边的大道上停下来。

2

拖拉机上有人喊囤儿。 囤儿站在苜蓿丛中，两手叉在腰间，朝驾驶台上一看，不禁为难起来，他把脸儿转向一边，老半天才挤出一句话来："你到底学会了，能把这个家伙驾住！"

坐在驾驶台上，手扶着方向盘的，是一个比囤儿大两岁的小伙子，他生得比囤儿还要强壮魁伟得多，宽肩阔背，车杠一般的胳膊，方脸盘，粗脖颈；他的皮肤颜色又黑又亮，后脖颈像钢炮筒似的闪着蓝锃锃的光辉；他有一双总是在探究的大眼睛，聪明、执拗而沉着；他的一举一动，都表现出一副朝气勃勃、沉稳有力的模样。 他就是逛鬼运来刚才说过的、在遭受批评中扛着重头的大队长陈大年。 这是一个志向远大、精力充沛的年轻人，在学校的时候，他就是优等生，又是运动场上出色的选手；自从离开学校，他便和囤儿把一股新鲜的热风，带给他的家乡。 在他身边的，是拖拉机手吕秀梅，这几天她一直在陈家生产队耕地，现在要到李家湾生产队去了。 她一只手把扶着一个用布衫包着什么东西的包袱。 陈大年对秀梅说："你不是说要让机器散散热吗？ 这儿正好。 咱们也可歇歇。 囤儿这家伙一定有烟有水。"说着两人向林檎树下走来。

运来听大年说要吸烟，急忙抖搂囤儿的布衫子，把烟包翻出来，递给大年。 大年接住烟包说："嘿！ 这神，今天倒要你破费了。"

运来大大方方地说："一袋烟，小意思！"

大年瞥了烟包一眼，笑道："恐怕又是借旁人的嫁妆，起发自家的姑娘吧？"

运来说："唉，大队长，你可把我看了个鳖哪！"

秀梅搭讪着说："他可把你看了个准哩，你一天净干了些啥，他比你还知道得清楚！"

"越来越神了！"运来忽然忸怩起来，他怕秀梅讥笑他，他又想躲开陈大年。 大年从来待人平和，不像囤儿，他曾多次要求迁移到别的队去，大年就是不放他走，执意要把他转变过来，还要帮他成家，可是不知为啥，他的心坎深处不怕囤儿，却畏惧大年。 他习惯了别人对他吼叫，却受不了大年的冷静和探问的目光；大年多次要和他谈谈心，他都找借口躲掉了。 这阵儿，他又打算溜走。

"别走，"大年说，看也没看运来，"你放心，我一句话也不盘你！ 改天有了工夫，咱俩一定谈谈心，今天不谈。"

运来急忙辩道："哪里话，我忙得很！"

"算了吧！"大年说，"你闲荡了一天，这阵儿，日头爷都要下班啦，你倒有什么忙的？"

秀梅盯着运来，打趣地说："哈！ 运来这同志还会脸红哪，稀罕！"

大年也抬起头来，故作惊奇地笑着问道："当真？ 哪儿，哪儿，哪儿红？ 叫我看看……哟！ 真丢人。 运来，你怎么还是个——"

运来很不自在地慌忙嚷道："大年，你咋，也，也学他们的样儿！ 拿尿脬打人嘛！ 你……"

大年继续逗弄着说："不要红，运来哥，你可千万不能脸红，一红啊，你就把气冒了。 来来来，我一定要看到你把脸上的红褪了才让你走，哈哈……"

"你也学坏！ 跟上他们起哄，作践一个老老实实的公社社员。 行！ 咱们社员大会上见！"运来认真地生起气来。

"冒啥火嘛，运来哥！"大年说，"来，吃了瓜再走。"

运来生气地说："你自个儿留着吃吧！"他一边说，一边用眼睛溜着大家，那眼神是说："哼！ 又想出个什么吃瓜，想再捉弄我一阵。"

"你怎这样不信服人嘛！"大年指着拖拉机上的包袱，

说，"不信你去看。"

运来望着那个圆滚滚的包袱，有些相信了，但他仍然坚持着说："我不吃你的瓜，我不吃！"说罢做出要走的样子。

大年认真地说："运来，你为啥总想躲着我？"

"我没躲你，我为啥要躲你哩？"运来撒谎说。

"不躲就好！"大年说，"你去把瓜抱来！"

运来眨眨眼，笑着说："你可真滑头！"

这半天，囤儿还在低头挥着镰刀，但他已不像先前那么起劲了。

"喂！ 伙计！"大年喊道，"想挣个劳动模范的牌牌吗？给你发一个就是！ 这阵儿，先歇歇吧！"

"爱歇你歇吧！"囤儿说，"我歇过了。"

"别发疯了！"大年命令着说，"先把你这一套收起来。 ……上这儿来！ 我可不跟你说好话，央告你！ ……快点来，听见没！"

囤儿从来拗不过大年，他跟大年日久了，跟惯了，他对大年无话不说，无话不谈。 几天来他虽躲开一切人，用干活来发泄自己的苦恼，却无时无刻不在想大年，等大年来找他。 听了大年的命令般的召唤，他无可奈何地回到树下来，对大年说："干啥？"

"啥也不干！"大年说，"叫你歇歇，在树下凉凉，吃点瓜，泻泻你的内火！"

"泻什么火？ 我肚里冷！"

"那就泻一泻你的冷病！"大年打定不在这时候跟囤儿长谈。他想先跟运来扯一扯。这时运来已经站在拖拉机旁边，他疑神疑鬼地摸摸包袱，不禁喊道："嘿嘿，嫽啊！你怎么不早说！"他抱了一个大瓜跑回来，不想由于一时高兴，跑得太快，裤管上的小洞被地边的树条钩住了，但听刺啦一声，裤子上又扯了个半尺长的大口子。"哎哟，我的妈哟！"运来一屁股坐在地上，悲哀地瞅着扯破的地方，用手把破布边缘捏在一起，捏了又捏，仿佛它们还能长在一起似的。

吃瓜的时候，大年望着运来的破裤子说道："运来，我记得咱的缝纫组，前不久，刚给你缝了一套新单衣呢！"

"你有个好记性。"运来说。

"穿成这样子了吗？"大年问，指着运来的破裤子。

"哪里！"运来说，"这是前年缝的。去年和今年缝的，还在箱子里压着呢！我心想，这套衣服还能过夏。谁知你，叫我吃什么鬼西瓜！这就是吃你的西瓜挣下的！"

"不能怨我！"大年说，"有一点小破洞，就该补一补。"

运来说："你说得怪好听，谁给我补，叫你媳妇来给我补吧！"

"这得你自个儿去求她，"大年说，"你今年是三十三，我记得不错吧！"

"我刚才说过，你的记性好！"

"该结婚了，运来！"

"我才不找那个麻烦哪！"运来高傲地说，"我现在这样，一个人，怪美的，只要我的肚子装满，一家人都饱了。"

囤儿说："胡吹，你倒把自个儿看了个高，看有人跟你不？懒鬼！"

运来生气地嚷道："啊呀，你一开口，就恨不得把我一口气喷倒在地，永生永世爬不起来。"他悲哀地摇着头。

大年说："别泄气，想法结个婚好了。"

运来说："结婚，找谁结婚？你真说得容易！"

"拖拉机站，可有好姑娘呢！"大年转过来问秀梅，"你说是不是？"

"是的，"秀梅说，"不过运来像这个样儿可不成，准没人挑上他。"

"这一句话不就把总结做完了。"运来说，"我的名声扫了地擦了桌子，今年冬上，我非出门不可。"

"到哪儿去？"大年问。

"哪儿都行，只要离开陈村这个鬼地方！"

"你未免太悲观！"大年说，"我今天正要请秀梅同志给你说说你的名声问题，秀梅——"

秀梅说："说到名声，我倒想起件事来。前几天，我们在高庙队耕地，听几个妇女议论运来！"

"议论我什么？"运来侧起身子问。

"她们说：'你们别看小陈村那个运来，人都说他是个逛鬼，那其实是个蛮好的小伙子！'"

大年拍拍运来的肩膀，高兴地叫道："你听听，你听听！"

运来也忽然有兴趣起来："快说快说，她们还说了些啥？"

秀梅说："你在外村，是不是帮谁干过活？"

运来说："我帮人干的活可不少，记不清是哪一回。"

秀梅说："她们说，你有一天闲逛到高庙村西门外，恰巧遇到三个老汉在那儿装解放式水车，你在一旁闲看。"

"有这事！"运来说，"那几个老人家全是些笨大爷，不会装，谁见了谁着急。"

秀梅接着说："她们说你把三个老人挨个儿训了一顿，就揪剥了衣服，帮他们干起来，从半早晨干到半后晌上，安装了四辆水车，还下井去捞了一回水管。"

"对对对，"运来说，"可把人整扎了，井下水冰得很，差点没把人冻失塌！"

"那几个老汉，可是见人就夸你哩！"

"没意思！ 装几辆水车，我身上也没少了个啥。"

"她们还说，你饭没吃一口，水也没喝一口，干完活就走了。"秀梅说，"惹得几个老汉直生气，胡子撅得多高。"

"有这回事。"运来抱歉地说。

秀梅接着说道："我们在西杨家、东楼子，好些村子，都听人说到过你。 你也常在那儿帮活。"

"当真？……我记不清了。"运来说，"我一天爱胡浪，咱村人见不得我，我也见不得本村人，碰到队长不留意，我就浪去了。有时遇到一些人干活不起眼，我就爱生气，一生气，我就帮他干开了，做不成功不撒手，咱就是这号人。……想不到人家还把咱看上了。……你要是再上那些地方去，就给他们说，再安装水车啦，挑渠啦，不管啥事都行，只要叫我一声，我就再给他们干。我自个拿粮票，不回来都行……"

大伙全都笑了。秀梅说："可见你这人，外表赖，心却好。"

"对你们实说吧！"运来激动地说，"我自小漂流在外，不知受过多少着辱，吃过多少黑苦。对咱们新社会，我可有认识哩。我赖是赖在陈村，反正在陈村，我永世也好不了。"

大年说："可是，运来哥，你听听人家都怎样说，嗯？……你为啥要这么赖呢，你应该给自个儿整整风，把自己整顿整顿！"

运来说："你说得对。在村里，不知为啥，漫说别人看不起我，连我自己也看不起我自己哩！我心想：不管别人说我啥，立些啥规程，都管不住我；我反正是光杆一人，吃饭有食堂，穿衣有缝纫组，害病有诊疗所；就是产院和托儿所跟我没交涉。我想做就做，不能做就溜。这就是我一向的老主意。刚才听你和她一说，嘿！想不到，我还是一块正经材料哪！"

　　大年趁此话题，对运来讲了许多道理，这些道理都很平常，但运来听着，觉得句句贴心。到最后，大年语重心长地说道："一个人，不管干啥都要有心劲；不论遭到啥事，顶顶要紧的是不能心松，心劲一松，一个人就垮了。"

　　运来叹了口气，说："这话说得真入窍。我就是这么一疙瘩货。有时，我想到自己是个人民公社社员，我比谁也不差啥，我的干劲就来了。有时，看自己不值一个鱼眼麻钱，我就把镰把一丢，心里想道：'去你的吧！你们愿意咋就咋，我逛去呀！'"

　　大年沉吟半晌，又说道："其实，不唯你，就连我们当干部的，也这样。"他似有意又似无意地扫了囤儿一眼，顿了一顿说："遇到挨批评、受闲气、工作棘手的当儿，就想：'去你妈的吧！老子当个社员才清闲！'……"

　　运来吃惊地望着大年，又偷偷瞥囤儿一眼，赞同着说："是有这号情形，有，有！"

　　谈话到了这里，空气变了。囤儿绷着脸，不说也不笑。大年觉得话题太严肃，马上笑道："啊哈，怎么你们不吃啊？为啥停下来？来来来，干啊！"他把半个大西瓜举起，在膝盖上用力一磕，西瓜裂为数瓣："来，你们要客气，我就拣大块的干了！"

　　秀梅没话找话地说："今年水地的西瓜特别甜！"

　　"天太旱啊！"运来解释说。

"运来！"大年说，"你说说，玉米越旱，是不是特别香？"他指指大路西边的玉米田。

运来摸不着头脑地笑道："香不香我没研究过。我只知道那片玉米快旱死了。"

"那么，你们为什么不浇玉米？"大年说，"别的队都浇了，你们七队为什么不浇？"

"这事有人当家。"运来看着四周的玉米田，忽然指着田间小路，笑着说，"正巧，他自个儿来了。"

3

大家向西望去，只见小路上过来一个人。这人四十左右年纪，矮身材，光膀子扛着一张锄，小白布衫搭在左肩上，腰里系一条宽宽的黑腰带，走起路来一摇一摆。他就是七队的小队长陈天保。此人有点儿疲沓，还有点自以为是的劲儿。自从公社确定权力下放以来，他的干劲陡起，积极性很大；可他没弄清楚，以为从此以后，大队干部对他们小队的工作，是"闲事少管"，用不着重视大队长的话了；这几天，他动不动就把大队干部的话顶回去。

老半天闷声不响的囤儿，瞥了天保一眼，突然怪笑道："嘿嘿！问他？看他理睬不理睬你吧！"

"呃！"大年望着囤儿。

囤儿愤愤地说："你爱把我想成啥样，你尽管想去好了，……嗐，伤脑筋！ ……你没住在七小队，你没亲身试过！"

"你怎知我没试过！"大年一板一眼地说，"试过了！"

囤儿得胜地问道："咋着？ 你给——碰回去了吧？"

"碰回去，又来了。"大年语调坚定地说。

"照我说，……撒开双手，让他们搞去！"囤儿说，"反正他包了产，减产他包赔，你管得多了，到时候，他还给你身上搁事哩。 这一回，受的批评还少？ 你还不伤？ ……我呀，我可是：小娃挨鞋底，一回就伤了！"

"为啥要伤了呢？"大年说，"我倒觉得，不挨鞋底长不大，挨一回鞋底，就应该长点本事，学一点什么才好，要不，就是白白地挨了一顿，那才叫冤呢！"

这时，陈天保已走近了，他满意地喊道："嘿，囤儿噢！你这么价贪做活儿呀！ 啊？ 想压倒全七队的能手吗？"

"这是给你们开眼界哪！"大年说，"不服吗，天保叔？"

"还说不上服不服哩。"天保骄傲地说，"囤儿，明天咱到井南那片地里去，来个台对台，你说呢？"

囤儿绷着脸不回答。 大年接着说道："这儿来吧，天保叔！ 咱们商量商量看。"

天保来到林檎树下，喊道："哈，你们在这儿享受哪！"

"还有一块！"大年说着，把一块红艳艳的西瓜递过去。天保一边吃瓜，一边不住地赞道："正好，正好，锄了半晌棉花，肚子里烧得要起火，口干得要起泡了，正好，就是少了点，少了点……"

"不少了吧？"大年说。

"嗐，这么大热天，一个整瓜也不够润喉咙眼。"天保说着，丢开瓜皮，问，"还有没有了？"

大年又从背后拿出一块来，说："你整天不喝水？"

天保吃着瓜，答道："一天一桶水，不够我用，你不看这啥天气吗？"话未说完，瓜已吃尽。天保正要扔瓜皮，大年阻道："慢着，慢着，扔了太可惜，留着。"

"留着干啥？"

"咱把这些瓜皮都埋到你们的玉米根上去。"

"啥，你说？"天保莫名其妙地问。

大年说："你们的玉米根，也是干得擦根火柴能点着，这瓜皮上还有点水分。"

大家哄笑起来。天保扭歪着脸怪笑着，下巴颏上西瓜水正向下滴，他用手背在下巴上抹呀抹的，傻笑着说："啊！你这是给我上话嘛！"

"给你上话？大队布置了抗旱，你怎不执行？"大年不满地说，"玉米不会说话，干死也不会哼声，要不啊，它们早上党委会告你几状啦，我的好队长叔！"

"劳力，劳力呢，嗯？"天保笑着说，"劳力调不开啊！"他忽然瞥见运来正在抽鼻子扭嘴地笑他，立刻生了气。他指着运来对大年说："全队就这么一个预备劳力，对，我把他叫个预备劳力，永远串来串去，预备劳动呢！就这么个宝贝，可是不敢动用，指望这神嘛，玉米浇不上水不说，怕把桶板都要干散伙哩！"接着他转过脸去对运来吼道："为啥在这儿闲荡！"

运来一反平常，他不是爬起来就跑，却不慌不忙地说："你嫌我不干活，不听你的话，是吗，天保叔？ 我有答复，嗳，有答复啊，你说，大队长的话你都不听，想叫我听你的话，这公道吗……两免了吧！"

天保气得哭笑不得，对大年和囤儿诉苦道："你们亲眼看见，这号社员，看当小队长难不难？"

运来说："我也亲眼看见了。 遇到你这样的小队长呀，可叫大队干部作难死了。"

天保生气地说："我这小队长咋啦？"

"你说咋？"运来一本正经起来，"你说劳力调不开，全不说你是怎样调派的，比如说吧……"好个运来，他竟能一五一十，数出天保许多错处，连自以为是的天保也无言对答。

大年说："我也问过你们队上几个社员，他们全说，劳力再紧，抢浇几十亩旱玉米还顾得来。 ……"

天保打断大年的话，故意问道："你大概没问思荣老汉吧？"思荣老汉，对大年意见很大，见了大年不招嘴。 大年明白天保的嘲弄，他仍旧平心静气地说："不错，思荣老汉还生我的气呢。 找了他几回，他还是不见我。 他还在骂大街——"

"噢嚯！ 他还在骂呀！"天保说，"这老汉可真不应该。"

"不过，这回他骂的不是我。"

"骂谁？"

"你！"

"我？"

"对了。"大年说，"他满地里嚷着说：天保要拿那几十亩旱玉米晒干柴呢！ 天保怕他婆娘冬天坐月子的时候，没啥东西煨炕。"

天保暴跳起来说："这老汉，骂得真可憎！"

"先别管可憎不可憎。"大年说，"咱们先琢磨这片玉米浇不浇。"

"我自有计划！"天保固执地说，"你不用给七队操心。"

"我干的就是操心的事儿，怎能不操心？"大年说，"把你的计划摆出来。 囤儿也在这儿，咱们合计一下。 ——现在，你来报告！"

"嗯——？"

"嗯——！"

天保见大年执意要管，且要管到底，便很不经心地把各项活路的安排粗略地说了一遍。 大年对运来说："运来，你也参加点意见。"

"我？"运来受宠若惊地张大着眼睛，望望大年，又望望天保，"我？ 有我说的什么呢？ 你们都是管事的，我——"

天保嘲笑着说："嘿！ 逛神，叫你说，你就说，说对了，我请你进老农参谋部。"

运来望了望大年和囤儿，又望望秀梅，他被大年他们鼓动起来了，也把天保的讽刺不搁在心上；他的心激烈地冲动着，他舐一舐嘴唇，用袖子擦一擦下巴，目光奇异、全身紧张地沉默了几秒钟，忽然说道："天保叔，我觉得咱那一部柴油机，放在保管室不起作用。"

"废话，"天保哈哈大笑地说，"谁说它放在保管室起作用来？"

"要是拿它抽水，它就有用。"

"废话！"天保越发笑得收拾不住，直到笑出了眼泪；囤儿皱起眉头，大年仍然很有兴趣地端详着运来，等待着下文；只有秀梅好像发现了什么秘密似的，脸上现出惊喜的表情。

运来一本正经地，继续说道："我记得咱还有不少柴油呢！"

"柴油倒有，"天保想了想说，"机器有毛病啊！"

运来说："嗳！ 毛病有，不大，我仔细看过，好拾掇！"

天保摆摆手说："你知道什么！ 好拾掇，可就是找不到人。 机械厂又忙得顾不上，要修理的机器排得老长老长的。"

大年急切地对秀梅说:"找站上同志看看怎么样?"

秀梅很有把握地指着运来,笑着说:"这不是现成的把式!"

"他? 这个逛鬼?"天保把运来上下打量一番,讥笑道,"他连自己裤子上的破洞,也缝不到一堆哩!"

秀梅说:"你们不知道,他常在我们站上闲逛,整天整天看人家检修发动机,又常给人家打下手,听他的口气,好像是偷了一点技术回来了。 我的猜想不错吧,运来?"

运来咧嘴笑着说:"你问问你们邓队长就知道,我算是拜在他门下的。 说到技术,这东西不好偷,没偷来多少,要说到队里柴油机的毛病,只不过是一点点小故障,用不着高手!"

大家都很惊奇。 天保愣了半天,笑道:"原来这逛神裤子上的油,是在拖拉机站的机器上赚来的。 我一向把这神当成个半截钉子,往哪块木头上钉也钉不进去;没想到这神还是洋螺丝!"

大家鼓励了运来一阵,最后决定,当晚突击抢浇旱玉米。 大年望着天保说:"天保叔,怎么样了,灌或不灌,主意要你拿哩!"

"你拿一拿怕什么?"天保说。

"我拿也行,由我负责。"大年说,"可是你对囤儿和我都说过,权力下放啦,好像再也不要大队过问你这小队的事了。"

天保尴尬地笑着说："大年，看你这娃嘛，唉，这娃咋是个这！"他用深深赞叹的目光，盯着大年，抓抓头皮不知该说些什么才好。最后却忽然关心地问道："你把检讨写好了吗？"

"正写着呢！"大年笑着说。

天保忽然又故作生气地叫道："凭你这小伙，你连思荣老汉也拢不住啊！你是咋搞的吗！听说，他说啥也不进你的老农参谋部？"

沉默了一会儿，大年笑着说："我上门请了三回，他都故意闪得不见面……这老人家真倔！"

天保和运来都说："他不干算了。这老汉别扭得紧，连他的亲生儿女都顺不了他的心意。"

囤儿说："老汉爱说爱管，成天骂骂咶咶的，也真噪得人厌烦。"

大年说："不，咱得把他请进参谋部里来。这老人家经验多，门道稠，对公社的事忠心。去年秋播，我要是听了他的话就好。"

天保说："你这小伙顽劲也真大！……去碰碰吧，那老汉，我可知道他，他是我近门叔呢。"

"锁子不开，是钥匙没找对。……一定得找到！"大年语调坚定地说着，眉里眼里带着自信的笑容，站起来，看看天色，又看了囤儿一眼，慢慢地向拖拉机走去，边走边对囤儿说："走吧！"

"上哪儿？"

"下滩！"

"还是那片沙滩地？"

"怎么，你的主意，你倒撒开不管了！"

"去他的吧！"

大年神秘地说："伙计，不瞒你，事情有了门道儿了！"他指着拖拉机说："秀梅要到李家滩去，顺路，我请她帮咱一犁。城破不得破，全看这一炮了。……你爱去不去，随你！"说罢，一跃身攀上拖拉机，发动机突突突吼起来了。他侧过头来高声说道："大跃进的红旗，将永远在咱大小陈村的村头飘扬。"

"等着！"囤儿怒冲冲地向大路上吼着，又转过脸去对运来说："把这些镰呀罐呀的给我捎回去，听见了吗，劳你神！"

运来笑着说："我的爷！劳人家的神，还对人家这样凶！"

4

拖拉机向北奔驰。一路上，陈大年挖空心思，想了许多有趣的话题，想引逗他的贴心朋友陈囤儿谈话，都没有成功。但他并不着急，反倒觉得挺好耍的。囤儿故意绷着脸，不说话，也不看他；他却好像欣赏一尊青铜雕像，入了迷，舍不得走开似的。他左端详右端详，直看得囤儿生起气来，把脸孔转向一边去，他却哈哈大笑起来。

"有啥好笑的！"囤儿大发雷霆。

"哈哈哈……"他笑得更加响亮，连眼泪也笑出来了。

"你再笑，我就不跟你去了！"囤儿吼着，"我跳下去了！"

大年憋住笑声。他知道囤儿的脾气，真会什么也不顾地从飞奔着的拖拉机上跳下去呢。他们从小在一起，他深知囤儿那个忽冷忽热的性情。囤儿虽然跟他一样，都出身贫苦家庭，新中国成立后才能继续读书，勉强读到初中毕业；可是囤儿娘守了半辈子寡，就囤儿这一个宝贝儿子，她即使在讨饭的时候，也还要娇惯她的囤儿。穷人也有娇儿。囤儿就是在苦水里娇惯大的。大年不同，他兄弟姊妹多，从六岁起，就分担爸爸的忧愁、劳苦和希望了。生活中的风雨，他能经住，他的朋友却不免长吁短叹、怨天尤人。他知道怎样带着他的朋友一块儿朝前走。从小学起，囤儿就像他的影子，整天黏着他，他们抱着同一个志向一块儿返乡，一块儿种田，一块儿大炼钢铁，又一块儿当队长。三年来，陈家生产队由穷变富，渗透着他们两人的汗水和心血；而其中的种种缺点和错误，对他们两人来说，也难彼此区分开来；只不过，在检查工作的时候，大年总是一马当先，承担责任。这个年轻的共产党员，肩膀虽然还嫩，在重大责任面前，却从来不会溜肩躲事，从来不曾颤抖过。正因为这样，他便把全队上上下下的干部和积极分子，牢牢地团结起来。 他和囤儿也常常争执，吵得天翻地覆，却从来不会分手，永远不会分手。 这一点大年心里明白，囤儿心里也很明白。 ……

拖拉机碰到一处坑洼，猛烈地颠簸了一下，打断了陈大年的思绪。 他抬起头来向田野望去，拖拉机已经进滩了。渭河滩多宽阔，多平坦，多肥沃啊！ 涸瘦了的渭河，远远地靠向北岸，在西斜的阳光下，像从天宫里抛下来的一条玉石色的带子。 河岸大弯大曲，一个个树木苍郁的村庄，守卫在突进河岸的崖岸上，成群的麻野鹊，远远看来，变成一片密密的活动的黑点，无声地绕着高耸接天的树顶，忽上忽下地兜着圈子。

"往哪儿开？"秀梅问。

"圈马湾！"大年指着右前方。 那儿，是一片成十顷大的微微隆起的沙滩地，它被夹在一望无边的秋田里，好像绿海中的一片沙洲。 大年偷偷瞥了囤儿一眼，发现他的脸色渐渐开朗，眼睛里也渐渐燃起了热情的光辉。 可是当大年企图跟他说话时，他却立刻收敛起脸上的光彩，呆呆地望着远方了。 大年笑着在心里说："我可知道你呢，你拗不了多久了，到了那儿，你就要把心花儿全开放呢！"果然，不到半分钟，囤儿的目光，又转向圈马湾——他们俩早就计划要改造的千亩大沙滩。 拖拉机停在沙滩的边缘上。 囤儿头一个跳下来，急切地望着大年，他的眼色好像在说："你找到什么门道了？ 在哪儿？ 快指出来我看看。"

"你快一点嘛！"囤儿向大年吼道，"搞的什么把戏！"

"你忙什么？"大年说，"跟我来！"他领着他们在沙滩上走呀走，在一个新挖的沙坑旁边停下来。大年说："你们看这儿！"

囤儿生气地说："这有什么看的？你喜欢看，我马上给你挖十个！"

"怎不早些挖，"大年笑着说，"你这位老哥，总是这么粗心，你就不能细看一番，坑底下挖出来的是什么！"

囤儿朝脚下一看，眉宇间立刻现出惊喜不定的神色，脚边的沙子，除银灰色的细沙以外，还有黄色和黑灰色的土块。他急忙弯下腰去，双手捧起一块黑土看看，又趴下去，把头伸在坑里去看了一阵，不禁惊喜若狂地喊道："怎么底下是肥土啊！怎么回事，多奇怪啊！"

他们又在前面一个沙坑旁边停下来，不等大年说话，囤儿就趴到坑边向坑里一望，立刻喊道："嘿，这儿有砖！"他伸进一只手，掏出一块大砖来，喊道："嘿嘿，真怪啊，这儿不简单！"他把那块大砖掖在肘下，准备带走："给村里人看看！"

大年说："扔掉吧！有的是砖呢，回头送你一架子车。"他又领着他们在沙滩上看了几十个沙坑，这些沙坑挖得有深有浅，全都是挖到土层为止。

看完以后，囤儿兴奋地说："怎么，现在就开垦吗？"

大年摇摇头，对秀梅说："你已经看了，有砖的地方你全知道了。 现在咱们试试，犁两条交叉的对角线就行了。 慢慢地开，小心把犁刃碰坏了。”

秀梅说："我记着呢，有砖的地方就南边那一片，不足一亩。"

大年说："对。 我在前边引路，囤儿，你跟着犁，一步也不要离开，也不敢卖眼，一有不对路的地方，马上喊停车。 咱可千万不敢伤了机器。 好，开始！"

拖拉机像只大海龟，极度警惕地探头探脑在沙地上爬行。 犁刃深深插进沙地里，两旁留下接近二尺深的壕沟。从西南到东北，又从西北到东南，犁完两条交叉线，足足花了一个钟头。 在这一个钟头里，囤儿不断地发出惊叫，吓得秀梅几次刹住车，问道："啊，什么事？"

"啊，没什么！"囤儿兴奋地说，"多肥的粪土啊，黑乎乎的，啊，多美！"

"我还当碰上砖头树根呢！"秀梅笑着说，"囤儿，你别乱咋呼啊！"

"对对！ 我不咋呼了！"囤儿抱歉地笑笑。 可是拖拉机刚走得几步，他又叫唤起来了："啊呀呀，老天爷呀，这个鬼地方呀！ ……"

两条线犁完，秀梅驾上拖拉机去李家滩了。 大年和囤儿又踏着犁沟细看了一回。 两人真是兴奋得难以形容。 最后，大年拉着囤儿在犁沟旁坐下来。

囤儿笑着说："咋，你要向我开炮了是不是？"

"不错！"大年严厉地说。

"开吧！"囤儿说，"我准备好了。"

"你可真不像话！"大年说，"不像个无产阶级战士的样子。"

囤儿索性趴在松茸茸的新土上，两手捧着新翻的泥土，凑到鼻子下闻一闻，眼睛里闪着明亮的光辉说道："先别忙，我问你，你啥时候挖了这么多坑啊！"

"晚上。"

"啊？"囤儿惊奇地说，"这十几天，每天晚上都开会啊！"

"散了会，我就掂个锨，干他半个晚夕。"

囤儿更觉奇怪了："有好几个晚上的会，都是集中火力批评你呀！"

"那又怎么样呢？"大年笑着说，"难道说，我就趴在炕沿上，从天黑哭到天明吗？蒙着脑袋睡大头觉吗？……"

囤儿说："这么说，你对批评一点儿也不在乎？我可是像跌在枣刺坑里一样，受不了哇！"

大年说："怎么说不在乎呢？工作中有那么多失算的地方，……我恨不得狠狠揍自己一顿才好！……"说着，他从口袋里掏出一卷纸，抛到囤儿面前的松土上，说："你看！"

囤儿双肘支在地上，翻开那些写满笔记的纸，一页一页细看。那全是大年记录下来的别人的批评。其中有一页，写得很整齐，是大年根据那些批评，总结出来的十条经验。

囵儿把这十条读了又读，觉得它就像十把不同的钥匙，陈家生产队纷乱庞杂的工作，在他的脑海里，立刻变得井井有条。 最后几页是用浅蓝色的墨水写的，他仔细一看，不觉满脸发烧。 这不是别的，正是几年前他两人热情地谈了一整夜，决定返乡的那个早晨，写给党组织的申请书。 那上面写着他们的誓言，写着他们俩建设家乡的种种想法。 其中有一段，说到渭河滩，说到他身下这片被叫作"圈马湾"的沙滩地。 ……

囵儿匍匐在地上，脸孔埋在臂弯里，许久许久，一句话也不说。

"大年！"许久以后，囵儿声音低沉地说，"我实在不配当你的副手啊，大年！"

"胡说！"大年严厉地说。

"我实在不配！"囵儿悲伤地说，"我就没有能够像你这样——"

"胡扯！"大年说，"这是软弱，摇摆！ ……"

囵儿一翻身坐起来，激动地叫道："好，好大年，你现在开炮吧！ 越狠越好。 ……结结实实揍我一顿，我的心里也许会好受些。"

大年顿了一顿说："对不起，我不愿向你浪费我的炮弹。"歇了一下，他又气呼呼地说："挨一点批评，碰到一点困难，你都长吁短叹地挨不起，还要我骂你！"

"就为了这个，"囵儿说，"我要你骂我一顿，你就骂我吧！"

"你别想！"大年说，"你想让自己心里舒展舒展，一切就算了事？ 不行，得叫你肚里憋得更难受才行。"

囤儿苦笑了半天，恨恨地说："哎，我这个家伙，真他妈的……大年，依你看，我这个冷热病怎样才能治好啊？"

"多整几回风就好了。"大年说。

两个青年朋友躺在细软的沙滩上，被一望无边的绿色的田野包围着。 正是大旱时节，凭着社员们的干劲，渭河平原，哪里像个受旱的样子！ 在每一片绿沉沉的叶子里，也都有他们两人的汗水。 他们谈呀谈着，先是大年数说囤儿，到后来，两人又互相批评，互相提醒，最后他们又谈到几年前曾像现在这样，躺在这儿，望着家乡的田野、渭河、村庄。所交换过的和互相补充过的梦想，如今正一件一件在变成现实。 拖拉机在奔跑，电灯在田野和农民的小窗上闪耀，抽水机在渭河边上吼叫，扩音器在村头路口唱歌，几辈不识字的农民在图书室的书架上挑来选去，农民科学研究员们在新培的良种田里忙碌着，风信旗摆动，气象站在工作……

他们越谈劲头越大。 不知不觉，太阳已沉到一片柏树林后面，向四方喷射出亿万道红光，像八百里秦川突然烧起一场大火，多么壮丽！ 西边半个天空都被映红了。

"啊！ 咱们这秦川地多美啊！"囤儿激动地说，"看看咱们陈村吧，……你让我上哪儿去，我也不去，我一辈子也不离开渭河滩！"

大年说："是啊！ 有多大的本事全使出来吧，咱们的工作简直还没开头呢！ 总有那么一天，哪怕三年不下雨，咱连望也不望老天一眼哩，咱的渭河，你知道，自古有名呢！ ……"停了一停，他又说道："可是，如果党委来个通知，要我到边疆，到沙漠，或任何地方去，我就马上捆铺盖。 你呢，囤儿？"

"还用问吗！"囤儿生气地吼道，"不过这话可说得远了……你说说，现在怎么办？ 我怎么办？"

大年平静地说："党叫怎么办就怎么办！"

囤儿一翻身站起来，微微笑道："从今向后，我若唉声叹气呀，……打屁股！"

大年也笑着站起来，说："但愿你的屁股不要吃那般苦楚！"

他们顺着犁沟走着。 囤儿脚踢着土块，说道："这片沙滩就要翻身了，马上就干吧！"

"这回，可不能冒干了，得把地下弄清楚才行。"

囤儿说："你钻了那么多坑，秀梅又给咱犁了个十字，四角和中央都翻到了。"

"可这底下和这片沙滩究竟是怎么回事，还没弄明白。"大年说，"我问了许多社员，都说不上来，都说：打从记得起这地方的样子以来，它就是这个样子。 ……也许只有思荣老汉知道。"

"问问他去！"

"从前问他，他也说不清，"大年说，"他生了我的气，这几天，我连找他几回，他都不肯见我。"

"这老汉倔得出奇！"囤儿大声喊着说，"他见不得我，'热火朝天'的绰号，就是这老家伙给我叫出来的。 这几天——"

"等等——"大年一抬手止住囤儿，说，"你悄些！"

"怎么？"

"往后看！"

囤儿朝后一看，吓了一跳，不由得伸了伸舌头，笑着说："他大概听见啦。 ……坏了！"这句话，他本是当作悄悄话说的，可是声音仍是那么大。 要叫囤儿说悄悄话，比叫他背一架山上高梯还要难。

"我的耳朵没灌蜡，还不聋。"身后传来深沉洪亮的声音，"……反倒是，越老越灵了！"

说这话的正是思荣老汉。 这老人七十多岁年纪，胸前一把白须，光光的头顶。 他背着一背猪草，看样子正打算穿过这片沙滩回到村里去。 等到大年和囤儿转身向着他，他却一转身，匆匆走开了。

这老汉在庄稼行里是个百事通，对大小陈村，更是一通百通了。 他本来是陈村生产队老农参谋部的头儿。 去年夏天，白日大旱期间，陈大年一面领导社员日夜抗旱，一面领一把子社员，在小陈村西南修地。 那儿有一片多年的取土壕，他们填壕打井，花了两个月工夫，把十八亩壕沟修成了平展展的水浇田。 那几日老汉兴致很高，一天去看几回，挑猪草也不上远处去。 一天，大年正在新修的田里卷水道，思荣老汉来到地边头。 大年顺便问道："五爷！ 你看这儿种什么好？"老汉胸有成竹地笑着，没有说话，用镰把在平整的松土上，写了"豆喜生土"四个大字；写完，老汉得意地眨眨眼，笑了笑，走掉了。 可是到秋播的时候，大年接受了管理区团总支的建议，决定在那一带划出一片共青团百亩小麦丰产方，那十八亩新修地正在百亩中央，也就种了麦，竟把思荣老汉的建议，丢到了脑后。 今年夏收，那十八亩麦啊，长得不比老鬼头上的头发好。 它在那块丰产方里，那么刺眼，就像一个人有一头美丽的头发，却被可恶的理发师从中推剪了一道壕似的。 社员们很不满意。 思荣老汉更是气得满胸前的胡子乱哆嗦，他逢人便赌咒：只要陈大年当队长一天，我就一天不进老农参谋部。"让这些碎崽娃子，把陈家队的庄稼，拿脚踢去，我老汉一声屁也不放了，我若食言，把我嘴上这一把老白毛拔了！"

大年和囤儿望着老汉的背影，琢磨着到底应该怎么办。老汉已经快走出沙地了。

囤儿说："我的话又把老汉逗得躁上加躁了！"

大年沉思一阵，忽然一挥手，说："走！ 诚能感动天地哩！ 非让这老人家软下来不可。"说罢，大踏步追了上去。囤儿也紧跟着。

那老汉听见后面有人追来，走得越发快了，可是老腿毕竟敌不过年轻的腿，何况还背个很大的草捆呢！ 赶了一程，老汉索性站下来，生气地问道："你们赶我老汉干什么，啊！"

大年笑着说："五爷！ 旁的先不管，先让我把这捆草背上。 这捆草有八十多斤，搁到你老人家脊背上，我倒空着手，老天爷也不会饶我！"

老汉想了一想，把草捆往地下一丢，说："给！ 你爱背就背上走。"

囤儿笑着说："五爷！ 你听我说！ 我这伙——"

"啊——？"老汉故意侧着脸，伸着耳朵，说，"啥？ 我耳朵不行了，听不见！"

囤儿笑着说："五爷！ 老的不怪小的罪呀！ 你老人家骂我一顿吧！"

"不敢，不敢！"老汉说，"你如今都把缝裆裤穿上了，又当的是副大队长。 了得！ ……骂你？ 了得！ 不敢，不敢！"

囤儿抓抓头皮，抓抓耳朵，忽然趁机会逗趣地说："五爷！ 你别忘了，我可记着呢！ 我穿开裆裤那时候，你老人家一见我，就把手指头弯成个老虎钳，吓得我愣跑，愣跑，……那时候，你骂我，我也骂你哩，我一骂，你就高兴得哈哈笑了……你那把老虎钳，可让我吃了不少苦头，我还没报复呢！"

这几句话，可把思荣老汉难住了，他想生气也生不起来了。他只是歪一歪嘴，怪模怪样地笑着说："你报复吧！看你用啥法报复！……那阵子，我常说要把你搧到尿罐里去，可没动手，真动了手倒好了，也省得这阵儿生气，后悔！"

大年背起草捆，边走边说："五爷，你老人家办事就是有头没尾；说过的话，到临了，又不算了！"

"怎见得？"老汉生气地问。

大年说："想当初，是你老人家拉了个架子车，把我们从学校接回来的。在路上，你老人家说，要当我们的师傅，教我们一辈子；我们当了队长，你老人家说，要给我们当一辈子参谋。可是，你现在撒开手什么也不管了。你老人家说吧，这不是说话不算话，倒是什么？"

老汉听了，骂道："小不要脸的！倒成了我的错了！你不服管教！"

大年道："不管咋说，你总是撒手不管了，当初说过的话，不算话了。"

"嗯！"老汉气得哼起来。

"嗯！"大年学着他的样儿，把他挡回去。

"再一件！"大年接着又说，"你发神赌咒地说，再要管队上的事，就叫人拔你老人家的胡子。可是到临了，你老人家的胡子，硬是非叫人拔光不可！"

"你说啥？"

"我说你老人家的胡子保不住了。"大年说，"我刚才紧赶慢赶，就是讨你老人家的胡子来的！"

老汉嘿嘿笑道："我说了不管就不管。 我的胡子一根也少不了。"

"可是你已经管了！"大年沉着地说。

"你撒谎！"老汉嚷道，"我管什么了？"

大年平静地问道："为啥这几天，你天天到沙滩上来？"

老汉张大眼睛愣住了，仿佛被人家捉住了他的秘密似的，微笑着，愣了一阵儿，说："沙滩是众人的，谁想到这儿来就来，你挡不住。"

大年又逼近一句："可是你为啥老看我挖的那些坑？ 又为啥在沙滩上画了那么多圈圈，叫我照圈圈挖呢？"

"我画圈是我想画。"老汉歪着脖子说。

大年根本没看见圈儿是谁画的，他不过想冒诈一番来证实自己的想法，不料一诈却诈准了。 他不觉笑了，紧接着又问道：

"五爷！ 你来说说，为啥把这片沙滩叫了个圈马湾？"

"你问够十遍了。 我说不上。"老汉故作骄傲地说。

"你想想，也许能想起个理由来。 ………"

"我早想过了，是这么回事。 ……"老汉兴致勃发地说起来。

囤儿插嘴道："该拔胡子了！"

大年哈哈大笑起来。 老汉这才知道他上了两个小辈的当，生气地说："不说了，不说了！"

可是药眼子既已点着，炮怎能不响呢？ 老汉认输似的嘿嘿笑了一阵，对大年说："你这娃娃可真厉害！ 有眼力，你算是识我老汉心性的人，嘿嘿！ 要不啊，我老汉就不会这么喜欢你，敬重你了。 年轻人，你们记着，识别一个人，可不那么容易。 有些人和我在一个村过活了一辈子，还不认识我呢！ 总是背地骂我多事。 我生平就是爱嘟哝，可是只有我喜欢的事，我喜欢的人，我才嘟哝哩。 到了新社会，共产党把样样事情都办到我老汉心上了，我就越爱嘟哝了，爱嘟哝社员，更爱嘟哝你们这些干部！"

囤儿说："你以后专门嘟哝我好了。"

"只要你喜欢！"老汉接着又对大年说，"这多时，你找我几回，我避而不见，是想试试你的诚心，试试你的韧劲……"

大年说："这我可没想到。"

老汉说："我看你见天黑夜到这儿来，琢磨这块沙滩，我老汉高兴得不得了；'这孩子有志气，有出息，我老汉没法跟这样的孩子怄气。'我给你五婆这么说。 她也骂我，要我到滩里看看。 我把你挖的那些坑细细看过，琢磨了再琢磨，才慢慢想起，这片沙滩，确实有个来由——"

"快说，快说！"囤儿急着追问，"把人急死了！"

"你这性急的毛病，可得改改，急和尚赶不出好道场！ ……你看，我立刻兑现，嘟哝你了！"

"嘟哝得好！"囤儿笑着说。

"这片沙滩，深深翻它一遍，一亩一料收他三百斤麦不成问题！"老汉兴冲冲地说，"渭红公社可要发了！"

大年说："五爷，我要说，你老人家啊，还是个老保守。照我想，订他个六百斤，还是三保险呢。"

老汉一下子又冒了火，扬扬手说："噢？ 你又来了！ ……咱俩没话了。 你戏耍我老汉！ 刚刚给你说了开头，你又来你那一套，冒失鬼！ ……来，把草捆给我，我还忙着喂食堂的猪呢！"

大年抓住草捆的绳子不放，笑着说："五爷！ 你老人家别躁！ 你说三百，是照旱地说的——"

"自古到今，渭河滩里能打一口井吗？！"老汉理直气壮地说，"秋水一漫，你连井砖都捞不回来！ 第二年井又不见了。"

"咱一年打一次井。"大年说，"还不给他使砖！"

"越发地胡说！"老汉叫道，"我倒想听听这是一种啥样子的井。 也许挖个小涝池还差不多！"

"对！ 正像挖涝池一样。"大年说，"不过，小得多，省工得多，不用夯池底，实际上还是井，穿泉的井。"

"怎样穿泉？"

大年说："是这样。 咱不挖普通井，渭河滩水浅，一丈多深就见水了。 咱把井口开大，挖个两丈见方的坑，再掏一个浅浅的很大的井筒，等于个蓄水池。 下几根管子，装上柴油机，用个四英寸的管子抽水，日夜浇，水也浇不退，你老人家觉得怎么样？"

思荣老汉站住脚，把大年端详了半天，不由得满脸光彩地赞道："嗳！ 这小伙子倒开了我老汉的脑筋。 我服你，服你！ ……啊！ 这又是一条道理，新农能教给老农的本事也很多。 娃们，你们记住，认识一个人，结交一个人容易，可还得指引他想点新事情。 遇到像我这样的老家伙有哪些看不到的，你们可不要退步，要给他开脑筋！"

思荣老汉满心高兴地发了半天感慨，接着说道："再说圈马湾。 这个圈马湾，只有我记得。 小时听老人们说过……那儿从前是几家大财东的吊庄。 后来让一场大水漫了，变成一片沙滩。 那几家财主都是马贩子出身，一年四季在那儿圈马、放马。"

"怪不得！"囤儿说，"那底下的土，可真肥！"

"记得，我小时候，那儿的地势，比现在高得多，想是经过多年风吹雨打，上面的沙渐渐薄了。"

思荣老汉搜录记忆，把他童年听来的传说和他自己的判断一点一点说出来。 等他说完，大家正好走到村口。 这时恰巧碰见运来和天保。

囤儿问："柴油机怎么样了？"

运来笑着说："有门儿！"

天保望望大年，又望望思荣老汉，笑着说："五叔！ 你到底还是进了大年的场合了。"

思荣老汉笑着说："这是现时下的乡俗啊！"

运来开玩笑地说："五爷，你可不要忘了你说过的话。"

思荣老汉捋着白须，笑道："你们商量商量，要啥时候拔就啥时候动手。如今我老汉倒想把这废了，变成个十七八的小伙子呢！"

众人听了，全都乐呵呵地笑了。

思荣老汉转过身去对大年和囤儿说道："你们把草送到猪场，就到五爷家里来。参谋会要不今晚就召集，那片沙地睡了多年，也该在你们年轻人的手上翻个身了！"

大年说："不忙！这事还得交社员大会，让大家琢磨，琢磨好了，咱就大干他一场！"

1961年3月于西安

描写农村新生活，塑造农民新人物

——王汶石的农村题材小说读后

白烨

　　在新中国建立之后的"十七年"时期，农村题材的小说创作在一些重量级作家的精心耕耘之下，取得了较高的艺术成就，也产生很大的社会影响，成为当代时期与革命历史题材双峰对峙的两座文学高峰。 在这些重要的农村题材作家中，就包括了王汶石。

　　出生于山西、成长于陕西的王汶石，从中学时代就参加了进步组织——中华民族解放先锋队，全民族抗战爆发后转赴延安，长期在西北文艺工作团工作，担任团长并创作秧歌剧。 解放后到西安，出任中国作家协会西北分会秘书长，并兼任《西北文艺》副主编。 自 1953 年起，他到陕西渭南、咸阳等地的农村长期深入生活，参与农村的各项实际工作，广泛接触基层干部和普通群众，立足于这些充沛而丰富的生活感受，他先后创作了《风雪之夜》《新结识的伙伴》《沙滩上》等反映农村生活新变化、农民精神新面貌的小说作品，成为五十年代农村题材小说创作的领军人物之一。

　　重读王汶石的小说，浓烈的时代气韵与浓郁的生活气息一道扑面而来，从中既能感受到我国农村社会形态与农民精神状态的深刻变化，又能感受到作家饱含在故事内里和人物性格中的充沛激情。 长于写农村，善于写农民，背后潜藏着的，是对农村新生活的热爱，对农民新人物的喜爱，这是王汶石的农村题材小说常读常新的秘诀所在。

一

二十世纪五十年代，社会生活中政治运动频仍，文艺领域里时有极左思潮流行，这些都不能不对当时的文学创作产生一定的影响。 置身于这样一个环境氛围里的王汶石，自然也不可能幸免。 但现在重读王汶石写于"十七年"时期的小说，除去个别作品因为紧跟时势，在看取生活和描画人物上，政治化的视角稍嫌突出之外，他的大多数作品都富有鲜明的时代气脉与鲜活的生活气息，对于人们认识那一时期的农村社会生活的变迁、农民精神世界的变异，都有很大的助益。

置身于被规范的社会政治文化环境，而又能有一定的超越，这在王汶石来说，是有着确定的主观意向与坚定的艺术追求的。 现在来看王汶石由小说创作谈等文字所体现出来的文学观念，个中带有较强的政治性，是显而易见的。 但他特别重视生活，格外看重人物，却在一定程度上，对那种时兴的政治性的要求和政治化的潮流，构成了一定程度的制约与

"修正"。他在《风雪之夜》（1959年版）后记里告诉人们："写这些文章的时候，有一点确是明确的，这就是：要把笔墨献给新生活，献给新人物；要以现实生活为基础，以革命理想为主导，在本质伟大、貌似平凡的生活现象中，概括和复制无产阶级新人物的形象，展示他们崭新的思想感情。实在说，这也是我们的文学对于党、人民和时代的责任。"这样的一个认识，为他在下乡深入农村生活时所看到的一切所证实，或者说多年深入农村生活的体验使他更为明晰了这样的认识。

由此，他在创作中秉持了一个以生活为基础、以人物为根本的文学理念，专心致志地观察和感知农村新生活，细针密线地描画和塑造农民新人物，力求反映出新生活的新气象，表现出新人物的精气神。这样的一个高度自觉的文学追求，就使得王汶石的小说创作，实现了对某些桎梏的突破，对某些局限的超越，并成为人们了解那个时代农村生活现状的典型文本。

二

在王汶石的小说创作中，《风雪之夜》具有重要的地位。这篇小说不仅是王汶石"十七年"间最先发表的小说作品，而且也借由此作正式拉开了他直面新生活、书写新人物的序幕。《风雪之夜》只写了1955年底一天一夜的事情，却由作者所亲见亲历的乡支书杨明远认真负责地验收新社，区委书记严克勤顶风冒雪深夜踏访，王槐旺、王振家等村干部彻夜谋划生产工作，以及由他们的话语里透露出来的社员们对于建社的积极态度和高涨热情，多角度、深层次地反映了进入社会主义时代的农村新的蓬勃景象、农民新的精神风貌。一天一夜的故事，时代气韵与生活气息交织而来，让人从基层干部的远大目标和充沛干劲中，强烈地感受到农村生活的悄然变动。

王汶石此后发表的小说作品，始终把故事与人物紧密地结合起来，着力表现农民群众以主人公姿态对于农村工作的积极参与和热情推动，而且着意写出干部与农民各有千秋的个性特征。比较典型的作品，有《春夜》《大木匠》《新结识的伙伴》《沙滩上》等。

《春夜》在北顺与青选两位男青年都暗中喜欢云英的故事里，把爱恋的表达与劳动的表现有机地结合起来。云英在两位追求者中更倾心北顺，但又对他时常单打独斗的作为有所不满。北顺领悟了云英的意思，想尽办法去接近和引导自己贪玩还影响别人的青选，终于使青选认识到自己的问题所在，开始向积极的方向转变。作品既写出了不同人物的个性，还写出了新一代农村青年在劳动生产中的成长与进步。

《大木匠》主要描写大木匠的女儿桃叶与对象相亲的故事，却由去赶集的大木匠过时未归，归来时忘记了桃叶妈再三交代的给家里买粉条一事，托出了看似性格"乖张"实则别有志向的大木匠的形象。 原来他借着赶集去了集上的铁匠铺，为自己研制的"除棉花秆机"配零件，一心只顾了这个，别的一概置于脑后。 作品以家人的抱怨、别人的议论，从侧面表现了大木匠的不被人理解，却又由此写出了他的忍辱负重，独到地展示了一个旨在农具革新的新型农民形象。

《新结识的伙伴》的主角是两位女性人物，一位是贤淑的吴淑兰，一位是泼辣的张腊月。 两位在全乡劳动竞赛中一直暗中较劲的妇女队长，在全乡的棉田管理现场会上不期而遇，从此成为一见如故、相见恨晚的好伙伴。 两个人在会间的交谈、去往张腊月家的晤谈、妇女会上的对谈，彼此都是充满着既钦羡又不服、既友好又较劲的混合心态与复杂情感。 作品既在一系列的"对手戏"中写出了各有色彩的性格特征，又由相互竞争中的共同进步写出了"年富力强的一代妇女"的全新精神风貌。

《沙滩上》描写了大年、秀梅、囤儿、运来等几位思想境界不尽相同的农村青年。 大队长大年，拖拉机手秀梅，志向远大，朝气蓬勃；副大队长囤儿，思想脆弱，忽冷忽热；而单身汉运来，则为人懒散，游手好闲。 如何使囤儿在工作中坚强起来，特别是帮助运来走出落后状态，大年、秀梅在具体的工作中，既指出他们各自的缺点，又肯定他们实有的优点，不断"指引他们想点新事情"。 在他们的悉心帮助与耐心影响下，消极的变得积极了，落后的终于进步了。 发生于普通农村青年身上的这种可喜的变化，既表现了农村先进分

子的积极引领作用，也揭示了社会主义农村正在成为冶炼新
人的大熔炉的可喜迹象。

三

王汶石在小说写作上，也逐渐形成了自己独有的艺术特
点。 时任中国作家协会主席茅盾，在中国文学艺术工作者第
三次代表大会上的《反映社会主义跃进的时代，推动社会主
义时代的跃进》的报告的第二部分，谈到"民族形式与个人
风格"时，对当时一些重要作家的创作特点作了简洁而精到
的点评，说到王汶石的写作特色，特别用了"峭拔"二字。
应该说，这个要言不烦的评点，既是一个精当的概括，又是
一个极高的评价。

峭拔，既指文字的雄健、清奇，又指风格的劲峻、豪
迈。 无论是描画人物，还是状写景物，王汶石都忌讳平顺与
平淡，追求着超拔与奇崛，力求写出人物性格的独有劲道、
故事内在的深层力道、自然景物的特殊味道。

写人物别见光彩的，如《新结识的伙伴》，吴淑兰与张
腊月甫一见面，便以唇枪舌剑的方式相互攀谈，那里既有相
互欣赏，又有彼此较劲，一个内敛中自藏锋芒，一个外向中
自见倔强，在性格碰撞中性情互见，又友情互补，"好伙伴"
真正名副其实，又别具新意。

写景物别见光色的，如《风雪之夜》，风雪来临前："东

北风呜呜地叫着。枯草落叶满天飞扬，黄尘蒙蒙，混沌一片，简直分辨不出何处是天，何处是地了。就是骄傲的大鹰，也不敢在这样的天气里，试试它的翅膀。"而风雪到来后："树木折裂着，狂号着，那滚滚的狂风，卷着滔滔的雪浪，在街巷里疾驶猛冲，仿佛要在瞬息之间把整个村庄毁掉似的。道路全被雪盖住了。风雪打得人睁不开眼。"这些描写文字，遣词用语都偏于浓重，叙事姿态也明显峻急。而正是这种文字的浓墨重彩，叙述的铿锵有力，才写出深冬风雪的凛冽、天气的肃杀，又反衬出干部雪夜踏访村庄的十分不易，骨干们聚来熬夜开会商讨工作的难能可贵。外边的"冷"，与屋里的"热"，形成了强烈的反差和鲜明的对比。

四

可以说，深接地气、富有生气、高扬正气，使王汶石小说在"十七年"的农村题材写作中，自出机杼，别树一帜。他的小说创作，从生活积累，到艺术实践，都给今天的作家们提供了不少可资借鉴的经验。

在深入生活中，参加农村的实际工作，熟悉身边的农村人物，了解他们的喜怒哀乐，揣摩他们的音容笑貌，是王汶石从事农村题材小说创作的基本功与必修课。他从1953年到1958年，多次深入渭南农村地区，参与互助组、合作社的组织与建立，亲历了农村社会主义革命和建设的各种活动，在这一过程中看到了农村在走向集体化的各种新的变化，尤其是农民在这一过程中的精神变更。而后，又深入咸阳地区的一些农村，以挂职县委副书记、市委副书记的方式，参与工作和体验生活。正如他在《一个老共产党员的艺术追求》的访谈中所说的：要忠实地描写当代生活，就要和人民群众打成一片，"像金属里的合金一样，成为他们之中切切实实的一分子"，"同他们心灵相通，感情相应"。王汶石就是经由深入生活的过程，捕捉人民群众的思想感情，把握社会与时代的跃动脉搏，并把自己在农村的实际工作和沸腾的现实生活中，受到的种种触动，得到的深切感奋，编织成生动的故事，塑造成鲜活的人物，而这样复现的"新生活"与描绘的"新人物"，又打动了我们，感动了读者。

注重写出生活的丰富性，写出人物的典型性，是王汶石在小说写作中一直信守的美学原则。他曾经说过一句堪称经典的名言，那就是"人物出来了，作品就立住了"。他在《风雪之夜》（1959年版）后记里说到自己写作时所坚持的一个基本理念，那就是"描写各种各样的生活场景、生活情趣；描写人的各方面的生活活动和生活兴趣"。着眼于生活中的人和人的生活，尤其是新的生活与新的人物，生活的广阔性与人的丰富性，就自然地尽收眼底和遣入笔端，使作品以生活现实的鲜活呈现和人物性格的丰富蕴含，成为超越一定的时代局限又了解那个时代特点的文学文本。

最后要说明的是，依这套"百年中篇小说名家经典"丛书的编选要求，应该酌选王汶石的中篇小说。 但王汶石只写过一个中篇小说《黑凤》，而且字数有二十万字之多。 经再三斟酌，选了他五个短篇小说，以飨读者。 这些短篇小说，均为王汶石农村题材小说的代表性作品，而由这些作品，既可看出王汶石小说创作的艺术特色，也可从中窥见一个作家对于时代生活的准确捕捉。

2018 年 7 月 7 日于北京朝内

图书在版编目（CIP）数据

新结识的伙伴/王汶石著；白烨主编. —郑州：河南文艺出版
社，2019.5

（百年中篇小说名家经典／何向阳总主编）

ISBN 978-7-5559-0784-8

Ⅰ.①新… Ⅱ.①王…②白… Ⅲ.①中篇小说-小说集-中国-
当代 Ⅳ.①I247.5

中国版本图书馆 CIP 数据核字（2019）第 043617 号

丛书策划　陈　杰　杨彦玲

本书策划　李亚楠　　　　　　　责任校对　陈　炜

责任编辑　李亚楠　　　　　　　书籍设计　刘运来

丛书统筹　李亚楠　　　　　　　责任印制　陈少强

新结识的伙伴
Xin Jieshi de Huoban

出版发行　河南文艺出版社

本社地址　郑州市郑东新区祥盛街 27 号 C 座 5 楼

邮政编码　450018

承印单位　河南瑞之光印刷股份有限公司

经销单位　新华书店

开　　本　787 毫米×1092 毫米　1/32

印　　张　5.75

字　　数　106 000

版　　次　2019 年 5 月第 1 版

印　　次　2019 年 5 月第 1 次印刷

定　　价　24.00 元

印厂地址　河南省武陟县产业集聚区东区（詹店镇）泰安路

邮政编码　454950　　　电话　0391-2527860